U0959306

有狼有歌的故乡

莫·哈斯巴根——著
哈森——译

译林出版社

文学共同体书系·中国当代多民族经典作家文库
何平 主编

国家出版基金项目
NATIONAL PUBLICATION FOUNDATION

图书在版编目（CIP）数据

有狼有歌的故乡/莫·哈斯巴根著；哈森译．—南京：译林出版社，2020.5

（文学共同体书系·中国当代多民族经典作家文库/何平主编）

ISBN 978-7-5447-8203-6

I.①有… II.①莫… ②哈… III.①小说集－中国－当代 IV.①I247

中国版本图书馆 CIP 数据核字（2020）第 062312 号

有狼有歌的故乡　莫·哈斯巴根/著　哈　森/译

主　　编　何　平
出版统筹　陆志宙
责任编辑　焦亚坤
装帧设计　韦　枫
校　　对　蒋　燕　孙玉兰
责任印制　颜　亮

出版发行　译林出版社
地　　址　南京市湖南路 1 号 A 楼
邮　　箱　yilin@yilin.com
网　　址　www.yilin.com
市场热线　025-86633278
排　　版　南京展望文化发展有限公司
印　　刷　苏州市越洋印刷有限公司
开　　本　787 毫米 ×1092 毫米　1/32
印　　张　7.625
插　　页　4
版　　次　2020 年 5 月第 1 版
印　　次　2020 年 5 月第 1 次印刷
书　　号　ISBN 978-7-5447-8203-6
定　　价　42.00 元

版权所有·侵权必究

译林版图书若有印装错误可向出版社调换。质量热线：025-83658316

走向“文学共同体”的多民族中国当代文学

何　平

“文学共同体书系·中国当代多民族经典作家文库”（第一辑）收入当代蒙古族、藏族、维吾尔族、哈萨克族和彝族阿云嘎、莫·哈斯巴根、艾克拜尔·米吉提、阿拉提·阿斯木、扎西达娃、叶尔克西·胡尔曼别克、吉狄马加、次仁罗布、万玛才旦等小说家和诗人的经典作品，他们的写作差不多代表了这五个民族当下文学的最高成就。事实上，这些小说家和诗人不仅是各自民族当代文学发展进程中最为杰出、最具影响力的代表人物，即使放在整个中国当代文学史亦不可忽视。

通常情况下，蒙古族、藏族、维吾尔族、哈萨克族和彝族的族裔身份，使得这些小说家和诗人往往被归于“少数民族文学”的视野框架内。不过需要注意到，基于当下中国文学生态场域的特质和属性，这些作家更应该在中国当代“多民族文学”之“多”之丰富性的论述框架中进行考察。毋庸讳言，受全球化和民族融合等时代因素的影响，中国当代少数民族文化与汉文化、世界文化的同质化愈发明晰，而多民族的民族性之“多”难免逐渐丧失；但另一方面，中华民族各民族依旧在相当程度上内蕴着独特自足的民族性，包括相对应的民族文化传统。在此前提下，我们需要思考：在今天的中国当代文学语境，蒙古族、藏族、维吾尔族、朝鲜族、彝族等及其他民族文学是否已被充分认知与理解？怎样才能更为深入、准确地辨识文学的民族性？

不管文学史编撰者在编撰过程中如何强调写作的客观性，文学史必然葆有编撰者自身独特的情感态度和价值立场，这当然会关乎多民族文学的论述。诸多中国当代文学史著作时常暴露出这样的局限：相关作家只有以汉语进行写作，或是他们的母语作品被不断翻译成汉语文本，他们才具有进入中国当代文学史框架范畴的可能性。事实上，如蒙古族、藏族、维吾尔族、哈萨克族、朝鲜族、彝族等民族都有着各自的语言文字和久远的文化和文学传统，至今依然表现出语言和文学的双向建构。当然，要求所有中国当代文学史编撰者都能够掌握各民族语言是不切实际的。且像巴赫提亚、哈森、苏永成、哈达奇·刚、金莲兰、龙仁青等拥有丰富双语经验的译者、研究者原本可以加入到中国当代文学史的编撰工作，然而实际情况是他们鲜少被当代中国文学史编撰所吸纳。这也就随之带来了一个问题：使用蒙古语、藏语、维吾尔语、哈萨克语、朝鲜语等各自民族语言进行写作，同时又没有被译介为汉语的文学作品怎样才能进入中国当代文学史的论述当中？

需要指出，中国当代文学的版图中，进行双语写作的作家在数量上并不少，如蒙古族的阿云嘎、藏族的万玛才旦、维吾尔族的阿拉提·阿斯木都有双语写作的实践。双语作家通常存在着两类写作：一类写作的影响可能生发于民族内部，另一类写作由于“汉语”的中介作用从而得到了更为普遍的传播。由此而言，中国当代文学史指向多民族文学的阐发，实质上是对于相应民族作家汉语写作的论述。而文学史编撰与当代文学批评面临着相类似的处境。假如中国当代文学史的叙述难以覆盖到整个国家疆域中除汉语以外使用其他民族母语的少数民族作家及其作品，那么中国当代文学版图是不完整的。

二十世纪八十年代作为“假想的文学黄金时代”，是很多人在言及中国当代文学时的“热点”：为何需要重返八十年代？八十年代给中国当代文学提供了哪些富有启发性的意义要素？但即使是在八十年代这样一个“假想的文学黄金时代”，蒙古族、维吾尔族、哈萨克族、朝鲜族等民族的文学也并没有获得足够的认知与识别。也许这一时期得到关注与部分展开的只有藏族文学，如扎西达娃的小说在八十年代深刻影响到了中国文学对于现实的想象，从扎西达娃八十年代小说创作所展现出的能力，他具有进入世界一流作家行列的可能。而鄂温克族作家乌热尔图在八十年代也给国内文坛带来了一种全新的文学经验，这也影响到当时寻根文学思潮的生发。而作为对照，我们不禁要问：现在又有多少写作者能如八十年代的扎西达娃、乌热尔图去扭转当下文学对于现实的想象和文学的地理版图？而时常被人忽视而理应值得期待的是，国内越来越多的双语写作者从母语写作转向汉语写作，成为语言“他乡”的文学创作者。长期受限于单一汉语写作环境的汉语作家，往往易产生语言的惰性，而语言或者不同民族文化之间的“越境旅行”却有可能促成写作者的体验、审视和反思。

当我们把阿云嘎、莫·哈斯巴根、艾克拜尔·米吉提、阿拉提·阿斯木、扎西达娃、叶尔克西·胡尔曼别克、吉狄马加、次仁罗布、万玛才旦等放在一起，显然可以看到他们怎样以各自民族经验作为起点，怎样将他们的文学“细语”融于当下中国文学的“众声”。党的十九大报告中指出：“深化民族团结进步教育，铸牢中华民族共同体意识，加强各民族交往交流交融，促进各民族像石榴籽一样紧紧抱在一起，共同团结奋斗、共同繁荣发展。”中国作为统一的多民族国家，它的文化景观（这其中当然包含文学景观）的真正魅力，很大程度上植根于它的丰富性和多样性，植根于它和而不同、多样共生的厚重与博大。中国多民族文学是象征中华民族悠久历史的文化标志，是国家值得骄傲的文化宝藏，与此同时，中国多民族文学在继承与发展的进程中逐渐成为中国文学，乃至世界文学的重要组成部分，他们所具有的民族身份在文学层面展现出了对于相应民族传统的认同与归属。因此他们的写作能够更加深入具体地反映该民族的生存状态与生活景象，为当代多民族文学的写作提供了一种重要范式。作为具有独特精神创造、文化表达、审美呈现的多民族文学，为中国当代文学提供鲜活具体的材料和广阔的阐释空间。

改革开放以来，原本相对稳定的民族文化传统和结构正受到西方话语体系及相关意识形态的猛烈冲击。具体到各个民族，迅猛的现代化进程使得各民族的风土人情、生活模式、文化理念发生改变，社会流动性骤然变强，传统的民族特色及其赖以生存的根基正在悄然流失，原本牢固的民族乡情纽带出现松动。相对应的，则是多个民族的语言濒危、民族民俗仪式失传或畸变、民族精神价值扭曲等。而现代化在满足和改善个体物质需求的同时，亦存在一些负面因素，如拜金主义、个人主义、享乐主义等等。上述种种道德失范现象导致各民族中的部分优秀文化传统正面临巨大的挑战，这也是各民族共同存在的文化焦虑。“文学共同体书系”追求民族性价值的深度。这些多民族作家打破了外在形貌层面的民族特征，进一步勘探自我民族的精神意绪、性格心理、情感态度、思维结构。深层次的民族心理也体现了该民族成员在共同价值观引导下的特有属性。从这个意义而言，多民族文学希望可以探求具有深度的民族性价值，深入了解民族复杂的心理活动，把握揭示民族独特的心理定势。我们常能听到一句流传甚广的话：“越是民族的，越是世界的。”但假如民族性被偏执狭隘的地方主义取代，那么，越是民族的，则将离世界越远，而走向“文学共同体”则是走向对话、丰富和辽阔的世界文学格局的多民族中国当代文学。

目录

有狼有歌的
故乡

一

这是某苏木[1]政府所在地，但相当落后。说实在的，是连柏油路和电都还没通到，班车也只是三天才来一回的这么一个地方。

所谓苏木房舍，除了两排瓦房是苏木办公室，还有两排苏木干部们的住房，稍远处有一个小卖部，小卖部旁边有一家餐馆，餐馆里只有三张桌。原先效仿别的地儿，还有过几家餐馆。不过，苏木干部老是招待上面来的领导，又没有现钱给人家，赊账赊得让人家都关了门，现在只剩下这么一家餐馆。

三天来一趟的班车，快到中午时分到了。车上下来为数不多的几位乘客，拉上为数不多的几位乘客，又走了。

下车的，除了来苏木上的学校探望子女的两位，其余三人看起来是外地人。

那仨外地人，虽说其中俩才是一块儿的，但为了填饱肚子，仨人一起走进了那家餐馆。

角落的一张桌上有三个人在喝酒。看起来是喝高了，话多了，五十多岁的一个老汉滔滔不绝地说着，另外俩时

① 苏木，内蒙古自治区行政单位名称，相当于其他地区“乡”。

不时地应着。

一路的俩客人落座中间的桌子，余下的那个坐在门旁的那个桌。

后厨走出一个小伙子，看着中间那桌问："二位来点什么？"

其中一个用生硬的蒙古语说："有啥吃啥呗。包子一……不对，俩人呢，一人来一斤包子，再来一……"

门旁落座的小伙子，跟老板自报："有没有煮好的手把肉？来一份儿！"

这时，角落里的老汉听那俩人的话，不由笑了起来："有啥吃啥？这叫什么话？有马头般大的活宝，你吃吗？"

那俩人中的一个说："那是……什么个东西……"不好意思地笑了笑。

"你是不是在我们这儿待很久了？"角落里的老汉好事地问。

那汉子说："是待了不少年头。我爹是那个麻子货郎子，你们一定认得吧？我十五岁就来这儿啦。"

老汉咋舌说："哎呀呀，你是麻子货郎子的儿子啊？你爹嘛，认得，认得！自我懂事儿起就见他担着针头线脑儿的，花椒啊，香烟啊，孩子们的玩具什么的，常见的。那你现在也干货郎子？现在谁还买你那些东西呀？"

那汉子说："是啊，谁买那些东西呀？现在不干了。"

“那你现在来这儿干吗？”

“唉，也没什么，还是想做点买卖呗。你们这儿以前什么珊瑚啊银饰啊，不是有很多吗，想着能不能收购一些。”

那老汉听罢“哼哼”干笑一声：“你来晚了。早在五六十年代的时候，说是‘不可收藏封建腐朽的东西，要交付国家化为宝’，又是宣传又是吓唬的，全收了一个干净，还能留给你？”

那汉子听了说：“珊瑚啊银饰啊，那就没戏了。不过，还应该有一些鼻烟壶啊，瓷器什么的，旧货吧，能收购那些也是可以的……”

老汉听了又说：“你又迟了，六十年代闹革命那一阵儿，说是要破旧立新，一帮人每天打砸，还动不动让人低头，不服就受罪，那个时候打砸光了。不然啊，我们这儿可是什么宝贝都有过。据说朱元璋曾经把马头般大的宝丢在了阿卜杜然特[1]沙漠。人们传说，那个地方可能是现在阿尔斯楞老汉家附近。为什么这么说呢，那个阿卜杜然特沙漠南北有二百里地，东西有二百七十里地，可不是一般的沙漠。然而，恰恰就在阿尔斯楞家附近有水有泉有草可以放牧生息。人们都说，就是因为那个马头般大的宝有着不凡的魔力，所以那块地儿风水好，不被大漠吞没呢。这

① 阿卜杜然特，蒙古语，箱子。

是传说之一。还有一个说法，蒙古察哈尔一个大汗，西征去了，不知走到了哪儿，总之在那边没了。妻儿回来了。接着不知道怎么回事，是把玉玺连箱子丢在这个大漠了呢，还是特意地埋在某处了呢，所以这片沙漠叫阿卜杜然特沙漠呢。”

那汉子听得入了迷：“哦，然后呢……”这时他叫的包子上来了。

角落里的老汉说：“别然后啦，你叫的饭都上来了。赶紧吃吧！”

货郎子咧嘴笑了笑：“吃是拿嘴巴吃，不耽误耳朵听啊！”

他们这些话被门口桌上的年轻人听了去，而且听得只字不落。察哈尔的一个大汗，那不是在说林丹汗吗？他的玉玺果真埋在这个地方？说不准呢。学者们研究中提过，察哈尔林丹汗携带的汗国白色苏勒德目前祭祀于一个叫茂布拉格的地方。若说察哈尔林丹汗的汗国苏勒德可以祭祀于此，那么世袭的玉玺也是可以埋藏于此的。这个货郎子，怎么问到节骨眼儿上就不问了呢？他想，也许这个货郎子没明白过来玉玺为何物吧。

确实，那个货郎子看来真是没明白：“你说什么？什么玺啊章啊，对我有什么用啊！不如找一些老的瓷器、瓶瓶罐罐的有用得多。”

老汉说："瓷器啊，瓶瓶罐罐什么的，应该没什么幸存的吧。要是谁家还有，兴许阿卜杜然特那边阿尔斯楞老汉家有点什么吧。闹革命、'破四旧'的时候一帮红卫兵还说要到那边来着。阿卜杜然特沙漠可不是小沙漠啊，走到阿尔斯楞老汉家少说也得有八十里地。那些红卫兵没走一半儿路，又累又渴走不动了。大家商量往回返，途中，有一位严重缺水丢了性命，其余的也爬着回到了闷都尔[①]水边勉强逃过了大劫。据说，他们敲打着过去时带的大鼓，直到前些年还在大漠里呢！"

看来货郎子真是饿了。上来的包子被他吃进一半儿时他才张口说："谁去那么老远啊？红卫兵会渴死，我们也会渴死的呀！"一看就是气馁了。

老汉给身边的两个伙伴挤了挤眼："嗨，你要是有到那里的胆儿，就跟这个小伙子去吧。你俩都去的话，租两峰骆驼就行了。一峰骆驼一百块，给这个小伙子一百块就行！要是真能找到一些东西，三百块算啥？"

老汉明显是在忽悠。

货郎子又吃进一个包子，说："哎呀，有点贵啦，一百五还差不多……"

老汉听了撇了撇嘴巴："来回一百六十里地。给你的

① 闷都尔，蒙古语，意为冰雹。这里为一条小溪的名字。

价算是便宜了。这个小伙子专门买了几峰骆驼，接送进出这大漠的人。要是没他，这三伏酷暑天你上哪儿去找骆驼呀？”

旁边的小伙子瞅了一眼老汉说：“哎呀，老伯，您别求他。阿卜杜然特沙漠深处，三百块我也不想去。到旅游点，让游人骑上骆驼走两个沙丘回来就能拿到二十块呢。”

听他们这么忽悠，那个货郎子也不是轻易上当的主儿：“老哥刚才可是说了，要是真能弄到一点东西的话，三百就三百吧。不过不好说吧……哎，那个阿尔斯楞老汉是怎样一个人呢？”

老汉看货郎子扭扭捏捏的样子有点厌烦了：“怎样的人？有手有脚，有一个脑袋，脑袋上有两只眼睛、一双耳朵、一个鼻子。你想看怎样的人？有金胳膊银腿的人才对你有用？”

那个货郎子说：“我不就是想弄到一点东西嘛……”

老汉说：“那我怎能给你保证？我也不是阿尔斯楞老汉的兄弟，也不是他老婆。那不得靠你自己去问，靠你自己去谈吗？说不准还真给你了呢。”

老汉看来懒得理他了，跟同桌的继续喝起酒聊起了天。

“……说不准还真给你了呢”，这句话让坐在门口的小伙子心怦怦直跳。说不准还真给你了呢。那个地方没闹过什么革命，跟外界没什么接触，一定很单纯。文献上写道：林丹汗之子归降清朝自西东归时，额林臣吉农把不愿归降于清朝的达尔扈特人同白色苏勒德秘密安置在茂布拉格。小伙子不由得想，这样人迹罕至的大漠里肯定有一些秘密吧。

没有人留意这个独自坐在门口默默地吃着手把肉的小伙子。而这个小伙子也是寻找古物的一个。他在考古研究所工作，考古学博士，叫那仁毕力格。

正当那仁毕力格想这些的时候，那个货郎子狼吞虎咽吃完了包子，打着饱嗝儿，走到那个角落里的桌边儿，跟那几个交涉租用骆驼的事。

老汉呵呵笑着："有人说啊，你们这些人是请不来，求不来，最后偏偏自己骑着毛驴奔来的呢。果真如此。现在我可不管了。你跟这个小伙子谈吧。"

那个小伙子用酒后的红眼儿瞟了货郎子一眼："好了，我可是说一不二的，三百五十块吧！那我就去。少一分都不去。"

货郎子听了哭丧着脸说："这老爷子不是说了吗，不是说三百吗……"

那个小伙子说："那你跟这个老爷子去说嘛。可是他有骆驼吗？"明显是给他钉子碰。

"好了，好了，三百三十块吧！你们俩各让一步吧。"老汉当起了和事佬。

双方在老汉的劝说下，达成了一致。那个货郎子不由得感叹着：“哎呀，草地人也开始吃人了。”他们准备起程。

虽说那仁毕力格恨不得马上去那个大漠深处，但也多长了一个心眼儿。还是等这个汉人回来吧，他去了会摸清一些情况的。等他回来我再叩问他看看，兴许能了解一些情况吧，然后再决定何去何从。

这个时候，送走牵驼小子和货郎子的餐馆老板回到餐馆，对老汉笑着说：“大哥您现在越来越会说话了。您这个见缝插针的本事可是了不得呢。仁钦巴图迷上阿尔斯楞老汉的女儿阿拉坦卓拉，刚好没借口去那边来着。现在好了，您给他搭上了一个好差事，他是挣了三百三十块，又有了去见阿拉坦卓拉姑娘的借口，您看他那样儿，都乐开了花儿了！”

老汉被如此夸赞一番后也是按捺不住欣喜：“嗨，到了那边，他敢不敢跟人家姑娘表达爱慕之情，这还不好说。总之，我是想成全他们。阿拉坦卓拉姑娘能不能看得上仁钦巴图，也是未知数啊。”

老板接话说：“说不准呢，不是还有一个缘分之说吗？有句俗话说，看对了眼儿猪都是双眼皮的嘛。”俩人说着哈哈大笑起来。

哦，原来那家还有一个姑娘呢。那仁毕力格不由得这么想。

二

酷暑的太阳烤灼着大地，别说是原野草地了，连人的脸都显得干巴巴的。

那仁毕力格在这个苏木所在地等那个汉人货郎子已经三天了。哎呀，这个人怎么还不回来呢？该回来了啊。八十里地，来回一百六十里地。那也是该回来了啊。说是该回来，会不会是已经回来了，然后已经离开这里了呢？我跟那个汉人也没有言说之约，兴许人家没回这里，直接走了呢。呸！这可真是失策了！那仁毕力格想一想就后悔。不过得见一见那个牵驼小子啊。那小子是哪儿的人呢？哎呀，我这人可真是自个儿想自个儿的，考虑不够周全啊。不，还得找到那个小伙子，或者去找那个老汉。怎么也会有一个法子吧。他又奔向那家餐馆。

三张桌子的餐馆里没有顾客，显得很是寂静。

餐馆的老板正跟女服务员打扑克。他见那仁毕力格进来，撇下扑克站了起来：“您来了，想吃点啥？”

到这儿已三天的那仁毕力格显然跟他很熟了，笑着说：“有啥吃啥呗。”

老板说：“有肉包子。”

那仁毕力格：“你怎么不说有马头般大的活宝呢？”

老板笑道："那是善吉扎布老兄说的话啦。谁见过马头般大的活宝呀？善吉扎布老兄的话有时候也没有准头，信口说说而已。说什么有人找到那个马头般大的活宝也是白搭，那个东西会跑，你根本抓不住它。说有人碰到了那个活宝，追了一天也没能追上，就放弃了。又说，与其追它，不如向它磕头，据说那样还有可能抓住它。还有一些人专门进大漠寻它去了。"

那仁毕力格想把这个话题引到自己感兴趣的问题上："前两天不也有汉蒙三人去那边吗？"

老板好性情地笑着说："嗨，那不过是善吉扎布老兄在忽悠他们而已。那个牵驼小子叫仁钦巴图，就是让人骑一骑骆驼挣几个钱的。那天仁钦巴图请善吉扎布老兄喝酒来着。就在那个时候不刚好来了一个踅摸瓷器瓶子的货郎子吗？善吉扎布老兄不过是给仁钦巴图拉了一个生意而已。"

那仁毕力格问："那么，那边真有那么一户人家吗？"

老板说："有，有。阿尔斯楞老汉一家在那边。以前有几户人家来着，都被沙漠挤出来了。"

"那个阿尔斯楞家的古物果真那么多吗？"

"这个不是很清楚。可能有点东西吧。总有人来询问他们家呢。传说，他家以前是一个富户人家。怎么了？莫非你也是一个寻古物之人？"

那仁毕力格暗自吃惊，发现自己的意图太明显了，打住了话，说："不，不，我是一个采集植物标本的人，是在好奇那个大漠里有哪些植物。这方面你了解吗？那个沙漠有没有什么奇特的植物？"

老板说："不太清楚。我跟随我父亲进去过一趟，茫茫的大漠中有一块水草丰美的绿草地呢。"老板接着又说："我想那三个人今天该回来啦。仁钦巴图回来了，你就问一问他吧。不知道今年的雨水如何呢？"

那仁毕力格说："他们回来的话，定会来这里吗？"

"会的，会的！他们没有别的去处，回来就肯定会来我这里。"

被老板言中了。日落之前，蒙汉三人回到了那家餐馆。

仨人脸色都不是很好。

餐馆的厨师笑着问仁钦巴图："收获怎样？"

仁钦巴图愁眉苦脸着说："要是说'不怎么样'，也不吉利吧。这酷暑天在那个沙漠里差点被晒死了。哎呀，那里可真热啊。好在我的骆驼是沙漠驼。要是戈壁驼，那我就该倒大霉了。"说毕朝厨师挤了挤眼，厨师像是明白过来了，朝着那个货郎子说："那，你们二位的买卖好吗？"

货郎子："什么买卖也没有，那糟老头儿什么都不给。"话说得有气无力。

“要是说不给呢，看来他还是有东西的。你怎么不好好求他？或者给一个好价钱也行吧？”

货郎子听了说：“唉，那老头子可是厉害，贵贱不给，看来收藏的东西是有的，贵贱不给。”

回来的仨人吃了点东西，对酬金的多少争了一番后各自散去。仁钦巴图拿了酬金，脸上甚是喜悦，望着厨师说：“我请你喝酒吧！”

厨师看着那仁毕力格又对仁钦巴图说：“这位也想去那边。从事勘察植物工作的蒙古人。你还得送一下吧。”

夜里三点，仁钦巴图叫醒了那仁毕力格，俩人各骑一峰骆驼动身了。

自那儿出发不过十里地，地势就开始变幻莫测了。忽地上坡，忽地下坡，仁钦巴图还时不时提醒他：“要下坡了，身体仰一些。”或者：“要上坡了，弓身抱着驼峰吧。”那仁毕力格照做。

“我们俩不会迷路吧？”那仁毕力格问。

仁钦巴图说：“瞧你说的这个话，我还没学会迷路是什么样儿。”

再走了一些时候，又翻了一座沙丘，天渐渐亮了。

晨曦中，阿卜杜然特沙漠一座座沙峰林立，延绵不尽。

“这就是阿卜杜然特沙漠吗？”那仁毕力格找话题。

“所谓阿卜杜然特沙漠指的是整个沙漠，这里是其中著名的洪古尔达巴[1]，只有我的骆驼才能越过这个沙丘。现在离他们家还有四十里地。得赶在天热之前到那里。天热沙子也就烫了，沙子烫了，我们说不准被烤焦了呢。”

为了不被沙漠烤焦，两个年轻人顺着沙沟不时加鞭疾驰。没骑过骆驼的那仁毕力格被骆驼摇晃得肠胃都在翻腾。

仁钦巴图看着他笑了笑：“哎呀，忘了给你这个带子！”他从包里拿出宽幅的布，递给那仁毕力格说：“给，拿这个紧紧裹住你的腹部。”

这小子走得干吗这么急呢？果真是为了避开天热，或者那家美丽的女儿阿拉坦卓拉在召唤着他？那仁毕力格这么想了一番：“你是不是经常来这户人家？”

仁钦巴图用猜疑的眼神看了他一眼：“怎么了？”

那仁毕力格说：“那般漆黑的夜里，赶这个路像是在走画好的线一样，一点都不带犹豫的，真不简单。”

仁钦巴图听了这话说：“这户人家，来是来过几回。我们可是长在这大漠里的人啊。尤其骆驼这畜生，特别怕热。所以只好趁着夜晚或清晨赶路。我以前夜里赶路也没有方向感，有点拿不准。现在夜里赶路都不要紧了。”

“那么，住在这大漠里的人们，进进出出怎么走？”

---

① 洪古尔是地名；达巴，为坡。

仁钦巴图说："您是在说阿尔斯楞老汉吗？他们几乎不出去。再说了，就算是要出去吧，人家的那骆驼，它们可是不分沙峰沙沟，都一样飞快呢。何况，他家有一位野骆驼都能降服的野姑娘。骑上了骆驼，没人能赶上她。天微微亮时出发，到洪古尔镇集市上采购了所需用品，太阳西下之前就能回到家。"

"哦，那你跟她一块儿赶过路吧？"

听那仁毕力格这么问，仁钦巴图又用怀疑的眼神看了他一眼："是啊……哎，没有没有！我只见过她的踪迹。说实话，就算想跟她一起走，我的骆驼也赶不上她的骆驼啊！"

哦，那家有一个很壮实的女儿，可能长着黑黑的脸，大眼睛，手指很粗……哎呀，我这是在想什么？不管怎样，看来那家有一个很厉害的姑娘。这个小子呢，是看上人家了。那仁毕力格边走边想。

快到中午时，又开始爬一个较高的沙丘。已经疲惫不堪的两峰骆驼不像先前那样积极向前了。勉强从沙子里抽出驼掌，慢悠悠地走着。仁钦巴图嘴里嘟囔："再加把劲儿，过了这个沙丘……"像是给那仁毕力格说，又像是给他的骆驼们说。

"你说什么？这座沙丘叫什么？过了这座沙丘，那户人家就到了，是吗？"

“这座沙丘叫哈查[①]达巴 。过了这个沙丘，他们家就近了。”

太阳从头顶上烧灼得厉害，沙子冒着热气，人呼吸都困难了。骆驼更是可怜，每走一步，膝盖都在颤抖着打弯儿呢。

可怜的畜生啊！畜生不会说话，所以只好一步步向前走。攀登珠穆朗玛峰的运动员们也是这样一步步攀登的吧。这座沙丘也是够高的。

人和骆驼大口喘着气大概走了一小时，终于走到了沙丘顶上。那仁毕力格惊呆了。从夜里到现在，走了九个多小时的路，一直在金灿灿的沙海之中。他的视觉已经很是疲劳了。而现在，他却看到了一片幽幽的绿洲。他感受到那片绿洲吹来阵阵清风，深呼一口气，胸闷的感觉没了，心里豁然开朗起来。别说是人了，看来连骆驼都有了希望，下坡的步伐明显强劲起来了。

那仁毕力格他俩走进了绿洲。黄柳红柳一簇簇的，中间还长有一片片沙棘。

坡地上长着油蒿，高处长有锦松和黄杨古树，郁郁葱葱。

偶尔遇见长有稀疏芦苇的洼地，再往里走着，又见长

---

① 哈查，蒙古语，挡住的意思。

有芨芨草的湿地。

“是不是快到那户人家了？”那仁毕力格问。

“过了这片柴达木[1]，看见紫花滩草地就到了。”

三

仁钦巴图、那仁毕力格二人穿越那片柴达木时，见一条小溪细语着轻轻流淌而来。

“这水可以喝吗？”渴极了的那仁毕力格问。

仁钦巴图说：“可以啊，这是从沙地流淌出来的水。这户人家顺着这条河流迁徙于其上下游，人畜都用这条溪水。”

两峰骆驼、两个人都喝了一个痛快。这个时候，听见上游传来一个女声：

比那深深的海水
还要纯净美丽叨[2]
比那桂花其其格[3]
还要芬芳艳丽

① 柴达木，蒙古语，此为盐沼地之意。
② 叨，鄂尔多斯民歌特有的尾音。
③ 其其格，蒙古语，花朵。

想起你深邃智慧
哎呼，森吉德玛
用一生为你奔波
也是无怨又无悔
哎呼，
苦也甘心又情愿
森吉德玛

歌声好不悠扬。

“呼咿，这无人的荒野上谁在歌唱？”那仁毕力格惊讶地问。

仁钦巴图说：“还能是谁呀，就是那个降服骆驼的野姑娘阿拉坦卓拉呗。”

那仁毕力格说：“你不是说很厉害吗？怎么有这么温柔的歌声？”

仁钦巴图听了大笑起来：“你以为怎样一个厉害啊？其实……”话刚说一半，上游的缓坡上出现一个人吆喝牲畜的叫声。

听见这个喊叫声，那仁毕力格才知道那边有人在放牧。

看来姑娘也看见他们了，在那个高地上站了半天后走了下来。

“……她来了……”仁钦巴图低声说。

离他们近十余步的时候，那仁毕力格瞧了瞧那个姑娘。原来不是他想象中那样身材魁梧、脸色黝黑，而是一位身材窈窕、面如皎月的女子。

“赛音拜努[①]？”仁钦巴图打了一个招呼。

姑娘停下了脚步：“赛音，您一路可好？”

她用犀利的眼光打量着那仁毕力格，对仁钦巴图说：“那么，你又带来了哪路货色？草地上自由自在的生兽跟你有仇吗？你起初领来的那个家伙现在成了一个屠夫。你真是一个不怎样的家伙。还有你后来领来的那个臭货郎子！贼里贼气什么都想要，不给吧就偷。我放羊圈里盛盐巴喂羊的铁锅，是不是被你们合伙偷了？”

仁钦巴图听罢很是着急，说：“这个，我可不知道啊。要是真拿了，真不知道是什么时候拿的。我……我真不知道。”

那姑娘说：“你这回又领来一个什么货色？这下是不是领来了一个猎杀人的货色呢？”

仁钦巴图：“哎呀，你这话说得怎么这么难听啊？这人是蒙古人。而且是从大城市来的，来考察你们这里植物的干部。”

那姑娘还是铁青着脸：“那就是说打植物的主意

---

① 赛音拜努，蒙古语，您好。

来的？”

那仁毕力格温和地笑了笑：“不是，不是！我也不是专门考察植物的。想搜集这里花草植物的标本，看看是不是有什么特殊种类的草，因为这么大的沙漠里这样水草丰美的地方很少。所以……”

姑娘听了说：“什么不是？说着说着还不是在打着植物的主意？”脸上荡起鄙视加讥讽的笑意。那仁毕力格领教了姑娘的厉害。

仁钦巴图瞅着姑娘笑了笑：“那现在可怎么办呢？这人能在你家住几天吗？”

姑娘说：“行是行吧。蒙古人嘛。再说了，还是冲着草来的嘛。”

仁钦巴图：“那你说的那个屠夫什么的是什么意思？”

姑娘：“我已经赶走了。现在好像住在阿卜杜然特北部……每天‘砰砰’枪声不断呢。你要是再引来一些麻烦的家伙，我就找你算账。”姑娘瞟了那仁毕力格一眼。

那双眼睛很迷人。你说这个姑娘，身材像是将要出弦的箭一样修长挺拔，五官端庄秀美，说话却怎么这样粗野呢？要看她的脸色在这里住一段时日？女儿这样蛮横，不知她父母更是怎样的脾气呢？那仁毕力格有点心怯。

正午时分，仁钦巴图和那仁毕力格俩人终于到了阿尔斯楞家。紫花遍地的草地上坐落着大小不一的两个毡房，两条大狗跑过来转着他们叫了一阵后，往回跑了。

他俩让骆驼跪在一边，走进屋子。阿尔斯楞老汉跟他老伴儿刚要喝中午茶，见他们进来紧忙给他们倒茶。

那仁毕力格喝着茶，环视一下毡房室内，感觉这是跟别个人家没什么两样的平常人家。西北处放着一个看起来有年头的旧柜子，上面摆放着佛龛供着佛，其前面有香炉，香炉旁摆有黄香。

门的半腰上吊着一个挂钩，上面挂了龙套缰绳什么的。不就是这样一个平常人家吗？就是不知道那边毡房里有什么。否则这么一户人家能有什么稀罕的呢，那仁毕力格观察着寻思。

仁钦巴图给俩老人讲了那仁毕力格的来意。阿尔斯楞老汉欣然点着头说："好，好，行！人家要是有这样的工作需要，就在我们家住下，住下吧。"

喝一阵茶，阿尔斯楞看着仁钦巴图笑着说："年轻人，今天你也回不去啦。休息一会儿，给我宰一只羊吧。不是来客人了吗。刚好我们家吃的肉也没了。我现在老了，胆子越发小了，宰羊总是宰了一半，要死不活的，看着难受。"

阿尔斯楞的老伴儿也顺着老头儿的话说："嗯，嗯，一会儿我去放一会儿牧，关节疼的啊，可不能老这么坐着，阿拉坦卓拉收拾羊肠子吧。"

阿尔斯楞老汉也照料骆驼去了。毡房里就剩下仨年轻人。

“你父亲没说我引来一个猎手屠夫，还要宰羊招待呢。”听仁钦巴图这么一说，阿拉坦卓拉瞪了他一眼：“你以为是要给你杀羊吃呢？你想得美。是要招待人家远方客人的。好啦，你俩去抓羊吧。”

仁钦巴图和那仁毕力格去抓羊。哎呀，这户人家可真有趣。给我这个陌生人杀什么羊啊？这还不说，还让外人去抓羊，也不管外人给他抓哪一只羊呢。那仁毕力格甚是惊讶。

然而那个仁钦巴图却一点都不带犹豫的，走到难耐酷暑的羊群中，按了按一些羊背，便抓了一个，拖到毡房外。

他铺开了一块皮垫子，让羊头朝北，开膛宰羊。仁钦巴图真是宰羊的好手，没过多久剥了羊皮，朝着毡房内喊：“嗨，你快给我拿簸箕、勺子、盆子。”阿拉坦卓拉急忙给他拿了出来。

他们清洗了羊肠羊肚，仁钦巴图问阿拉坦卓拉：“灌血肠？还是灌肉肠？”

阿拉坦卓拉说：“还是灌肉肠好吧。”

肉熟了，阿尔斯楞老汉的礼仪开始了，他先取了一些肉祭了火，又走到外面敬了天，回到毡房内，又取了四根羊排骨放到了佛龛前。之后，各取四根羊排骨、一块羊腿肉、一块羊背肉、一块羊胛骨肉、一块羊头肉，顺着一个方向摆在盘子里，敬献给了两位客人，又让他们品尝了奶食。

老汉在自己面前放了一盘肉，分给了老婆和女儿。

那仁毕力格暗自笑着想，这可真像是父系社会的礼节。

大家吃饱了，阿拉坦卓拉开始给二位客人敬马奶酒。

散发着独特芳香的马奶酒将那仁毕力格引向蒙古生活的深处。那仁毕力格不由得想起某位学者说过的话："蒙古族饮食文化，对世界文明有着不可磨灭的贡献……"看来，这是千真万确的。

阿尔斯楞老汉喝了一点点酒："我是喝好了，你们年轻人继续喝吧，喝吧。"便往后坐着鼓捣起自己的活儿。阿拉坦卓拉给他俩斟满了酒："你们喝酒啊。"

仁钦巴图呵呵笑着："您也坐下来一起喝吧。"

阿拉坦卓拉说："哦，怎么能呢，我啥时候喝过酒啊？"

仁钦巴图说："谁也不是天生就喝酒的，长有嘴巴的都可以喝嘛。您也跟我们一样倒一杯吧。"

然后，每人倒了一碗酒。

喝得差不多的三个年轻人聊得起劲儿，仁钦巴图的声音最大。然而，阿尔斯楞老汉和老伴儿对这三个年轻人的热闹丝毫没有反感的样子，俩人在一旁唠着自己的嗑儿，安详得很。

没多久，老汉起身到佛龛前，点了一盏酥油灯，嘴里念起经文来。那仁毕力格想知道他在念什么，但是仁钦巴图的声音盖过了老汉的声音，根本听不清老汉在念什么。

一坛酒空时，三个年轻人的酒宴也该结束了。大家张罗起睡觉。

有位作家曾说过：“蒙古人也会给其收藏的珍宝烧香点灯做祭祀，这与祭天、敬佛、祭火，形式上一样。然而在意味上是有所不同的。一定要正确理解这一点。”莫非这句话，与这位老汉夜晚的祭祀有什么关联？要是那样，这老汉定有一个珍藏的宝贝，他在为其进行祭祀？要是他珍藏的东西果真被人们的传说言中了，是察哈尔林丹汗的遗物，那么那又是什么东西呢？玉玺？传国玉玺！是那一枚汉朝时被打掉了一个角，用金子补过的那个玉玺吗？应该不是吧？关于那块玉玺，有些学者说，日本人侵略中国时带回日本了；又有学者说，蒋介石带到了台湾。或者，莫非是蒙古大汗刻有“奉天承运大蒙古帝国大汗令，所到之处万民遵旨”的大玺？传说那个大玺，林丹汗的福晋赴东归顺清朝时说：“妾身可屈身于清朝，大汗的大玺不可交付与清朝！”说罢，扔进了滔滔黄河之水。或者说，那位夫人打了一个幌子，没扔进黄河，而是埋进了这片大漠？再或者，难不成是林丹汗携带的博什克图吉农的大玺？那仁毕力格猜想着这些失眠了。

看来，那个仁钦巴图也没睡，听他的呼吸声就能听得出。仁钦巴图可是没心思想什么林丹汗的夫人及其玉玺，他心里只有另外一个毡房里的阿拉坦卓拉。他悄悄起身，迈向毡房门。忽听阿拉坦卓拉的母亲轻声道："你要出去方便吗？孩子。那些狗可能都在门口呢，我给你看看。"老人起身点了灯。

那仁毕力格心里不由得笑仁钦巴图不要脸，顷刻忘了那些玉玺大玺的事。

四

这户人家起的可真是早啊，点着灯喝了早茶，掌纹依稀可见的时候，开始去放牧了。

夜里关于玉玺的思绪，让那仁毕力格决定留下来。仁钦巴图清晨出发，回去了。

阿尔斯楞老汉用温和的眼神看着那仁毕力格："好啦，孩子，你要是想看草，那就跟阿拉坦卓拉一起出去放牧吧。"

老太太也点头："好啦，去吧，去吧，你是一个好孩子。蒙古人的孩子惦记着草啊，苇啊，草场啊，没什么错。应该了解的。不过，不知名的草确实很多呢……"自言自语着。

哎呀，这可怎么好？跟着人家大姑娘去无人的旷野？昨夜这老太太保护着女儿，羞死了仁钦巴图。今天怎么允许我跟她的女儿一起去放牧呢？那仁毕力格迟疑了一下，但是怕考察植物的谎言被识破，只好应了。

阿拉坦卓拉拿上针线活儿、赶羊用的牧羊棍以及一个牵绳，看了一眼那仁毕力格说："你需要带些什么？你是只看看草就行了吗？是需要割还是薅？……到底想怎样？"

那仁毕力格囧笑："不，不，不怎么，我就是采采样就行。"

"好吧，你随后慢走，我得赶紧上那边的坡上。"说罢跑上了那边的沙坡，大声喊着"差得，差得"[①]。哎哟，这姑娘脑子不会有毛病吧？昨天也是有事没事地喊着唱着，看来天天如是。或者，这样喊叫有什么原因？那仁毕力格想着这些走到了阿拉坦卓拉身边。阿拉坦卓拉说："好了，你现在可以随意走走，去考察你的草木。不过也别走远了！我会给你声儿的。"

给我声儿？为什么要喊呢？那仁毕力格问："那么，你为什么要喊呢？"

阿拉坦卓拉很是惊讶："这，你也问？放牧是因为什

---

① 差得，放羊时的一种信号语言。

么？放牧的人不喊能行吗？要是不喊，那个……”姑娘开始吞吞吐吐，欲言又止。

“那个什么？”那仁毕力格还在叩问。

阿拉坦卓拉眼睛都瞪大了：“哎呀，你连这个最起码的事都不晓得吗？是那个孽障……”话又止住了。

“那个孽障？是什么？”

阿拉坦卓拉真是急死了：“那个孽障，你都不懂啊？是天狗！”说罢左右看了看。

“天狗？是杨二郎的天狗？”那仁毕力格更是懵了。

阿拉坦卓拉的眼神，一看就恼怒了：“你是真不懂呢？还是在拿我取乐？”

那仁毕力格慌了：“没有，没有，我拿你取乐，那不是疯了么？我真不懂。好了，行了！我也不想知道了。”

看他这个样子，阿拉坦卓拉乐了：“你过来，把耳朵伸过来。”她用左手搂着那仁毕力格的脑袋，用右手捂着他的右耳，嘴唇近至他的耳旁，小声地说：“我们这个沙漠里是有狼的。”说罢，用双手推开那仁毕力格的脑袋，“这下知道了吧？”

那仁毕力格听罢很是惊恐：“什么？有狼？”

阿拉坦卓拉猛地去捂住他的嘴巴：“天哪，能这么大声说它的名儿吗？”说罢用掌心轻轻拍打那仁毕力格的嘴巴三下。那仁毕力格忽然想起文献中所说的“蒙古人自古视狼为天狗，忌讳称其名而叫为‘厉害的’‘野翁’……”，原来那是真的。那仁毕力格惊慌之余频频点头说：“哦，哦，知道了。”

知道了有狼，知道了姑娘喊叫的谜底之后，那仁毕力格又想，哎呀，这个姑娘可真奇怪啊，旷野上跟人家小伙儿独处也不担心？抱着人家小伙子的脑袋跟人耳语？若是远近有什么人看见了，不知道会怎么议论？这么思量着，又想起姑娘触及他脑袋和耳朵的柔软的手指和暖暖的呼吸，那仁毕力格心里有了一些异样的感觉，他想看看姑娘什么反应，阿拉坦卓拉却像是什么也没发生一样，望着羊群：“差得，差得！你这个调皮的小白，还想要奸吗？”那仁毕力格见阿拉坦卓拉这个样子，不由得扑哧笑了。

“笑什么呢？”阿拉坦卓拉惊讶。

“没什么，只是笑笑。”

“只是笑笑？你有病吗？笑的人心里有鬼。”阿拉坦卓拉有点穷追不舍。

那仁毕力格心想你才有病，就说：“在这个辽阔的牧场上多好啊，想喊就喊了。要是在大城市，你要是这么喊，说不准人家会把你送到精神病医院呢。”

阿拉坦卓拉笑了：“哦，原来你是在笑我喊叫呢，必须这样喊叫，能让羊群和人彼此熟悉、相依相伴。要是胡乱喊一通，羊群会惊散的呀。”

羊群和人彼此熟悉、相依相伴……也是，要是胡乱喊一通，那仁毕力格思量着姑娘说的话。是啊，这姑娘说得有理，人和畜的关系是养和被养的关系。所以，这个喊叫是人和畜之间的一种声音信号与联络，人的行为是人和畜之间非声音的信号与联系。那么，“胡乱喊一通”指的是什么呢？那仁毕力格想着这些，走在她后面。阿拉坦卓拉照旧喊了两嗓子“差得，差得”之后，想到这个小伙子又在背地里笑话她，尴尬地笑了。

噢，像是在命令，却是那么温婉，像是在责备，却又像是在哄着，像是让其撒娇，却又像是在教训……哦，原来牧人会用这样包含各种情思的声音喊她的牲畜。这是一种了不起的声音，像姑娘所说，这是喊。一种敬佩之情，在那仁毕力格心里油然而生。

“嗨，你想起什么走神儿呢？想看草木的人，不去看你的草木吗？”那仁毕力格担心自己考察植物的谎言露馅儿，装作看草木，走向一旁。

说实话，看草木，对那仁毕力格来说不是什么多余的事，确实是一个难得的好机会。正如阿拉坦卓拉母亲所说“不知名的草确实很多”的话，真是千真万确，而那仁毕力格的确不知道那些草的名字。

那仁毕力格真成了一个研究草木的人，采集各种标本夹在笔记本中间。知道这里有狼的那仁毕力格，与阿拉坦卓拉保持着看得见彼此的距离，阿拉坦卓拉不时“差得，差得”的喊声真是给着他无比的安全感。或者，这一声声喊中，还包含着某种气势，勇气，抑或是否还隐藏着某种爱？那仁毕力格想。

阿拉坦卓拉走到一个沙丘上，捧起一把沙子扬起来。那仁毕力格想，这姑娘在做什么？在玩？

阿拉坦卓拉又捧起一把沙子扬起来。见那仁毕力格没什么动静，阿拉坦卓拉摘下头上的纱巾朝他挥舞起来。

明白这个信号的那仁毕力格，知道阿拉坦卓拉在叫他过去，就走了过去。阿拉坦卓拉说：“人家让你过来，你怎么站在那儿不动啊？”

那仁毕力格才知道扬沙是在唤他的信号，尴尬地笑了笑：“我想再采一阵儿来着……”

阿拉坦卓拉说：“拿来，我看看，你都采集了什么草。”她打开了笔记本，“哦，这是转蒿，这是水甸莎草，这个是马驹草，哦，你采这个阿尔善草[1]做什么？这可是毒草，牛羊吃了会醉的。”

那仁毕力格好奇地问：“什么草？牛羊会醉？那还叫阿尔善草？”

阿拉坦卓拉：“是的。这种草的生命力特别旺盛，越

---

① 阿尔善草，意为仙草。

是干旱长得越好。它会毒了牛羊，所以牧人们赞它是仙草，叫它不要毒了牛羊。不过，水草要是好的话，牛羊也不会吃这个草。”她又看了看其他草说：“哎呀，一想啊，草这个东西也是，我们每天行走在其中，不觉得什么。今天你将它们当了宝贝采集起来，还真是不一般呢。”

那仁毕力格说：“那你说说，不一般在哪儿？”

阿拉坦卓拉取一棵草：“这个呢叫马兰草，春天会开很美的花朵，会开得满草场都是，风一吹来，芳香弥漫无际。不过，牛羊春天夏天都不会吃它，到了秋末打了霜才会吃它。”

那仁毕力格觉得很稀奇，高兴地问：“真的吗？奇怪啊，是自然这么分配的吗？还有其他这样的草吗？”

阿拉坦卓拉看着那仁毕力格开心的样子：“这样的草，还有很多。比如骆驼蓬、甘草、狼毒……都是牛羊冬天才吃的草。怎么样？采草累了吧？像你们这样从来不在野外活动的人，肯定容易中暑的，去那边的阴凉地儿吧。”

沙地背面的斜坡上，长着很多盘柳。阿拉坦卓拉走到柳荫下，捡起一些干枯的树枝，放到一边，拿手拍了拍地说：“来，坐这儿。”她脱掉了外衣，跟针线活儿一块儿放到一边：“哎呀，这天儿热的，来，你也跟我一样脱了外套和鞋子坐这儿吧。”

那仁毕力格趁阿拉坦卓拉脱衣衫，看了一眼姑娘。依稀可见薄薄的内衣里挺拔的双乳，没穿袜子的脚趾白皙整齐得可爱。要是将她的衣服全扒开，那会怎样呢？那仁毕力格忽然生了这么一个念头，感觉浑身发烫了，自己的那个家伙倏然硬挺起来。

考大学忽视了情窦初开的十八岁，考研忙论文忽视了火热的二十五岁，毕业之后忙找工作，找到了工作又想在事业上站稳脚，继续博得了博士学位，那仁毕力格至今还没这样近距离接触过女人。上大学的时候，看上了低年级的一个女孩，在哥们儿的撮合下去了三次公园，看了两场电影，但是在那种人多的场合连她的手指都没碰过。没几天，被外班的男生抢走了心上人。

第二次接触的女子便是这个阿拉坦卓拉。并且这女子在这样人迹罕至的大漠柳荫下脱掉了外衣翘着乳房毫不介意的样子让他迷惑。她该不是故意这样脱了外衣袒胸露乳勾引我吧？那仁毕力格刚这么想了一下，却见阿拉坦卓拉倏地站起来，跑到那边的沙坡上大喊“差得！差得！”两声后又大步流星走了回来，她那健美的乳房颠簸震颤着。那仁毕力格自责，我怎么总是盯着人家的胸脯呢？结果却定眼观察起人家的全身来。双肩平整，胸脯丰满，腰臀曼妙，双腿修长，一根麻花辫在空中飞舞，真是一个活泼美好的画面。看惯了那些为了求学整日趴桌子驼了背的女生，再看这个姑娘，身材和神态真像是天然无雕琢的仙女一样。那仁毕力格不由得感叹，真是好身材啊。

阿拉坦卓拉走到了跟前，好像想起了什么："我想问你一个问题。人家都说大城市好，什么是大城市？"

这个突然的问题，让那仁毕力格怔住了。跟阿拉坦卓拉在这个荒野上，窥视她身体胡思乱想的那仁毕力格，觉得这个问题很奇怪。他觉得五六岁的孩子才会问的问题，怎么出自这样一个让男人垂涎三尺的大姑娘嘴里呢？或者，她真的连这个都不知道？那仁毕力格犹豫着如何回答这个问题时，阿拉坦卓拉说："我听着，大城市肯定是一个人很多、房子多的地方。不知道我猜想的对不对。我除了苏木所在地，没去过其他地方呢。"

"是啊，人多得不得了。房子密密麻麻，并且还都是楼房。车水马龙熙熙攘攘的，没有一刻消停的时候，所谓大城市就是那么一个地方。想看看这么美的草地、溪流、柳和沙，是看不到的。还是乡下好。你去苏木没看过电影和电视吗？"

阿拉坦卓拉说："是啊，还有那么个东西哈。我还真没看过呢。"她歪了歪脑袋看了看日头："快到中午了，咱们再坐一会儿就回去吧？"

看到羊群出现在他俩东南方向的沙坡上，他俩起身了。

绿波荡漾的小溪畔羊群在饮水。阿拉坦卓拉和那仁毕力格二人到其上游喝水。渴极了的那仁毕力格到了河边就蹲下来用手掌取水喝了起来。然而，那个阿拉坦卓拉却跪在水边，将水向天行了三个弹酹祭，用四指蘸水点至额头后，才捧起水喝了起来。“蒙古人敬泉水河水，忌讳使之受污……”原来这样的描写是确凿的。

五

那仁毕力格跟着阿拉坦卓拉放了几天牧，知道了这里不少的地名。这几天，他一直没勇气向老汉和阿拉坦卓拉询问关于阿卜杜然特，关于马头般大的活宝，甚至关于玉玺的话题。若是问了，他们要是真知道，甚至在收藏的话，会对他产生怀疑的。

他想，要是以问这个地方地名来历为由的话，兴许还成。他赶上阿拉坦卓拉说：“你们这儿，怎么叫阿卜杜然特呢？”

阿拉坦卓拉：“稍等，先得赶上羊群……”说罢大步流星走上一个沙丘，见那边羊群已经四散，跑得到处是。姑娘着急了，嘴里喊着“差得，差得”，疾步跑向那边。

那仁毕力格跑上一个沙丘后，看见两只大灰狼抬着一只羊往那边逃去，还有一只大狼咬住一只羊的脖子后，将其甩到背上也正往那边逃。哦，狼，狼进了羊群啦，那仁毕力格心里喊。

四散的羊群听了主人的声音，先是聚集到一块儿，一个个显出惊吓的眼神。而后，又听从阿拉坦卓拉的指挥，慢慢恢复了平静，慢慢四散吃起草来。

那边的草地上，十几只羊的尸体横七竖八。阿拉坦卓拉不忍目睹这情形，眼神避开那些，说："不该这样啊，看来就是那个屠夫惹的祸，它们才这样袭击我们吧？"她自言自语着。

汉族有一个俗语叫"当年的驴驹没见过狼"，那仁毕力格别说没见过狼如此胡作非为的场面，就是单单行走的狼也是没见过的。他真是吓坏了。

阿拉坦卓拉见他这样子，反而笑了："你怎么吓成这样？还傻站在那儿。现在这样吧，要么你在这儿看护羊群好好喊着，要么你回家让我爸拿着刀牵两峰骆驼过来。"说罢又看着那仁毕力格的脸说："怎么了？怕？那我留这儿，你回去。路上要是怕，就唱着歌，唱《森吉德玛》！"

那仁毕力格决定回去。为维护其男人的尊严，他没唱《森吉德玛》，但是心里在想，为什么要唱《森吉德玛》呢？要是唱别的歌会怎样？

接着，阿尔斯楞老汉夫妇和他俩一起忙乎了一天，才把狼造孽的烂摊子收拾了出来。

晚上日落后，老汉到了离家稍远的地方，点火敬献酒肉祭祀一番，回到家又在佛前上香点灯，念经祈福了一番。看来，他们祭祀的不是一种宝藏，而是一种神灵，那仁毕力格如此猜测。

“不赶走那个屠夫是不行了。他的枪一直在响。他在我们家住了两天。天狗定是记住了，以为跟我们有什么关系呢……”阿拉坦卓拉说。

老汉沉思良久后说：“人家也没住你家，你怎么赶人走？那个人也是。惹这不该惹的作甚……”话说了一半不说了。

“就跟他直说吧，让他离开我家牧场。”阿拉坦卓拉决然。

次日清晨，要去赶走那个屠夫。阿拉坦卓拉以期盼的眼神看着那仁毕力格：“你能不能跟我走一趟？”那仁毕力格没敢说“不”。

俩人一人骑了一峰骆驼。阿拉坦卓拉拿了两个棍子，各携带一个。

“哎呀，你俩这是要去打架？”南斯拉吉老太太惊叫起来。

“不是啊，谁知道人家是怎么想的呀。也许只认这个呢。”阿拉坦卓拉说毕看着那仁毕力格：“好了，走吧。”

要是那个人只认棍棒说话，那么这个阿拉坦卓拉想干什么？她也硬碰硬？跟拿着枪的人怎么硬碰硬呢？那仁毕力格不由得捏一把冷汗。

俩人大概走了五里地时东边沙头上开始金灿灿的，铜红色的太阳升起来了。

阿拉坦卓拉两腿夹住驼身，催其快行，回头跟那仁毕力格说："你不是问阿卜杜然特沙漠来着吗？今天我们俩就是要去那儿。那个讨厌的屠夫可能住在阿卜杜然特。除了那里，他没有其他可以容身之地。"

"那么说，阿卜杜然特是一家院子？"

阿拉坦卓拉说："不是，是老早被遗弃的一些土城墙。快到了。"

又翻过了几个沙头，上了一个高坡，见那边有一个旧城废墟。哦，原来是一座古镇。史学地图上没有这个古镇啊。这可是新发现。那仁毕力格暗自感叹。

他俩到了那个废墟旁，将骆驼拴在一旁，走上一个高处。原来是一个规模不小的城镇废墟。里外两层城墙，看来说不准是某个朝代的首都或者是重要城镇，看得出南北东西各有一个城门。

那仁毕力格以考古学家的眼光丈量了这个废墟的大小规模，从地上捡到的瓦片推测这座城最起码有千年历史。他又见到了一个瓦片，又联想着，难道它跟赫连勃勃的统万城是同一时代的城镇？这时阿拉坦卓拉说："那个讨厌的屠夫可能藏在前面一个洞里吧。"之后，她径自向前走。

城南门里有一个小洞一样的地方。从外面搁置的东西不难看出这个洞里住着人。走到跟前，见小洞有拿粗柳条编的栅门，里面传出了一个人的咳嗽声。

阿拉坦卓拉也干咳一声，以示来了人。柳条门开了，一个人伸出了脑袋咧着嘴巴冲他们笑。

是一个四十多岁络腮胡子的壮汉子。

“你从现在不能住这边了。昨天狼进了我的羊群。都是你惹的祸。”

那个人看来听不懂阿拉坦卓拉说的话，眼神迷茫地看着她。那仁毕力格用他知道的语言传达给了他。那个人听了显出很不理解的表情：“你们家羊被狼吃掉，跟我一点关系也没有啊。”

听那仁毕力格的翻译后，阿拉坦卓拉大发雷霆：“若不是你猎杀它，它怎么会袭击人家？就算是要吃羊，也就是抓一两只吃，怎么会祸害那么多？它们就是在跟人报复！”

那个汉子听了说：“它还知道报复？它又不是人！它要是祸害了你的羊群，你应该帮我把它们杀绝了才对吧？那样，你的羊群不是没了天敌吗？”

那仁毕力格听了也觉得在理，犹犹豫豫时，阿拉坦卓拉说：“他这是在说什么？”那仁毕力格磕磕巴巴地翻译给她听。

阿拉坦卓拉听了更是火冒三丈：“你这个讨厌的屠夫，

我就是让它吃了我的羊，也不能让你在我的牧场待下去了。你若是人，定听得懂人话吧？难道你脑袋上长的是驴耳朵？好话坏话都听不懂了？”

那仁毕力格没将阿拉坦卓拉的话原原本本地告诉那汉子，稍作改变了一下：“你，还是走为好。这个人说把你告到苏木派出所呢。狼现在可是国家保护动物啊。要是上面知道了，你这可是在犯罪。”

这话可真是震住了那个家伙，瞅着那仁毕力格讨好地笑：“哎呀，我的老弟，那是作甚？我也是没法子。我做买卖赔了钱，那个人让我给他弄五十张狼皮。他是用狼皮做仿真玩具的商人。我再杀十几个就够了。哎呀，我的老弟，您可怜可怜我吧，我也是被逼无奈才背井离乡来到这里。”

“他在说什么？”阿拉坦卓拉问那仁毕力格。要是只剩十几个，那也会很快吧。还是让他俩相安无事为好，别出了什么事。再说，赔了钱的这个家伙还带着枪，在这样一个荒野上……那仁毕力格如此思量一番后说：“他说行，说就这两天，收拾收拾就走。”

阿拉坦卓拉说：“真要走吗？这些人可是说话不算话的。”

阿拉坦卓拉和那仁毕力格返回。阿尔斯楞老汉听了那个人的情况之后，摇摇头说：“说要走？不好说。仁钦巴图也没有说过什么时候过来接他走啊。不过，谁知道他能不能等到仁钦巴图过来接他呢？它啊，真是凶猛，谁惹了它，定会找谁报复的。这个仁钦巴图也是，难道不知道这个人的底细？你们也是，软了点儿。下狠心赶走他，兴许就救了一条人命呢。”

老婆子听了这话说：“一样的，下狠心赶走？这个酷暑天，走不出多远就会渴死了。要是有人把他送到苏木上，说不准还行。”老太太看了一眼女儿。

“哼，谁送那个讨厌的屠夫到苏木啊？被吃掉了活该！谁让他杀它？不是一样的生命吗？”

老汉闭目微微点头：“好吧，由他去吧！谁造孽谁承受。命中注定的事。”

听这一家人的话，那个人是死定了。那仁毕力格觉得可笑，想一想，他们这可能是气话吧，带枪药的人能被狼吃了?!

第二天，这个事被淡忘了。但是到了晚上，阿拉坦卓拉放羊回来后看着那仁毕力格说：

“那个屠夫食言了。那个枪还是‘砰砰’响呢。响了好几下。真该死。”

就在那天深夜，他们听到处处狼嚎声。那种阴森的嚎叫声中，几个人都惊醒了。

“哎呀，完了。那个家伙……”阿尔斯楞老汉嘟囔。

“不会吧？不会的……要不，你们爷俩去……”南斯拉吉老太太犹豫着说。

“它们如此猖獗，我俩都会被吃了的。”阿尔斯楞老汉说。

南斯拉吉老太太说：“那么，那个……”老太太也没话可说了。

此时，狼嚎声更厉害了。阿拉坦卓拉走进他们的毡房，说：“我得守我的羊去了。它们叫得可不一般。可能是到时候了。”

南斯拉吉老人说：“应该没事吧。圣祖啊！要不，我的孩子，你去守羊的时候，上北坡喊一下？”

阿拉坦卓拉说：“那怎么行？他们之间的事，跟我们有什么关系？你们赶紧好好睡吧。”她拿了一件棉大衣走出去后，听到里面“唉，嗨”的低声叹息。

“看来你女儿是不同意我这么说。”南斯拉吉老人叹息。

阿尔斯楞老汉说：“不是，好像已经没救了。今天它们的声音可是太不一样了。有决一雌雄的架势呢。”

挨着左面哈那[①]睡的那仁毕力格有点摸不着头脑。听他们这么说，狼群的嚎叫声跟那个汉子有关系。这么晚

---

① 哈那，用二点五米左右长的柳条交叉编结而成的支架，相当于蒙古包的骨架。

了，他们居然放心让一个女孩子家家独自去守羊群了？这两个老人怎么一个也不陪着去呢？还说什么到北面沙坡上喊一声？他们家女儿还说什么“他们之间的事，跟我们有什么关系？”他们指的是谁呢？除了那个汉子还有其他什么人吗？不对，应该不是！“今天它们的声音可是太不一样了。有决一雌雄的架势呢。”这话听起来说的不是人，而是狼。那仁毕力格躺着想着这些，听见狼嚎声又不禁胆战心惊，但每每这时他又能听见“嗨，怎么了？别惊慌，在呢，在呢，我在！”姑娘轻声却清晰的声音让他也不由得安心。哦，原来她的喊声中还有一种安详的韵味呢，那仁毕力格想。

稍过片刻后狼群的嚎叫声渐渐少了，也远了。

“哎呀，天哪，看来消停了。希望就这样平安无恙。”南斯拉吉老人说。

阿尔斯楞老汉：“嗨，你以为呢？刚才那可是它们的集结号。现在集结了，可是要真正开始了！”

南斯拉吉老人说：“你这个老头儿，净说不吉利的话！”

阿尔斯楞老汉说：“什么不吉利？事情本来就是这样……”正在这时传来“砰砰”两声枪响。将近黎明时分的这枪声听着格外真切。之后听见姑娘一声声叹息。

“唉，完了。真完了……”南斯拉吉老人说罢又听见了“砰砰砰”三声枪响。

群狼嚎叫，枪声不断，扰乱了夜晚的宁静。

这个喧哗之中，时而传来姑娘轻轻的喊声。

啊，真是奇怪，书上读过人与动物的生死决战。当时猜想那是夸大其词的话，而今看来果然如此吧。那仁毕力格径自想。

这几人开始习惯狼嚎声、枪击声的时候，枪不再响了，狼也不再嚎了。这时姑娘急匆匆从外面走了进来，自言自语："我不是说过它们厉害嘛！他是肯定扛不过去的！"

六

喝早茶时几个人都没说话。那仁毕力格想，活人怎么也有办法吧？有着枪药的大活人，还守着那么一个严实的洞，怎么也不会被狼吃了的。

喝完茶，阿尔斯楞老汉："女儿，今天稍微晚点出去放羊吧。小伙子你跟着我去看看。"

姑娘好像明白其意："干吗呀？阿爸，您要去阿卜杜然特？别去了，我想已经……估计都没法儿看了。"

南斯拉吉老人闭目点头："差不多了吧，要没这样，也许有什么法子逃生了呢。远远地看一下，那样就知道怎样了吧。它们不会还在那儿吧？"

阿尔斯楞老汉："嗨，那些畜生可是知道时机呢。太阳升起之前就会散了的。”之后瞅了瞅那仁毕力格：“那么，咱们两个爷们儿去一趟？”

虽说想起昨夜的狼嚎声，那仁毕力格还是有点怕，但是年轻人想看个究竟的好奇心给了那仁毕力格一些胆量。

俩人出发。

一路上阿尔斯楞老汉都没说话，那仁毕力格看着他的眼神，心里不由得直打颤。前一天，那仁毕力格在这条路上见过一两个不算很新的狼迹。然而今天，却看到了群狼飞奔的踪迹。阿尔斯楞老汉不由得皱起眉头，嘟囔：“哎呀呀，从那儿来了这么多？真是大集结啊。”

他们走到废墟西南边的沙丘上。清晨蔚蓝的雾霭以一种神秘且忧伤的颜色覆盖着整个废墟。在死亡般的寂静中，阿尔斯楞老汉：“唉，看来已经了结了。要整的都整完了，被整的也被整完了。咱俩还是去看一眼吧。”他见那仁毕力格惊恐的脸说：“孩子，你不用怕，它们不会跟无缘无故的人有什么的！走吧。”

然而，呈现在这俩人面前的是无比惨烈的一幕。那个洞口横七竖八地倒下了很多狼，大概有三十多条吧。

洞口柳条栅门被咬了个烂。

阿尔斯楞老汉站在离洞口较远的地方喊：“洞里有人吗？”没见回声，那仁毕力格以那个汉子懂的语言翻译，重复老人的话再喊了一下，还是没有应声。

“这下子真完了，没事找事惹了那些……”老汉嘟囔着下了骆驼。

看来洞口发生过一场惨烈的决斗。往洞口一看，那个汉子不在。洞里一个角落，整齐收放着很多晒干的整张狼皮。洞里地上有很多全自动步枪的弹壳儿。边儿上还有一个新式全自动步枪，木把被狼咬烂了。哎呀，可真是一群凶残的家伙，真是可恶至极，什么都咬烂了。那仁毕力格这么想着。这时，阿尔斯楞老汉说：“可能是这个人把子弹用光了，或者是在他装子弹的空当，它们扑了进来。这个柳条门给了那汉子打完这些子弹的空当，才使得门外倒下那么多狼。它们是见不得自己血的。其实那个人不该开枪，一直点着火，它们也就不靠近了。那个人真是做错了。”

他环视了洞口：“哦，它们拖着他向东去了。”那仁毕力格一看，果真地上有拖着重物的痕迹和血斑。

两个人跟着那个足迹走了三十余丈，齐刷刷地止步惊呆了。

一堵被沙漠掩埋的墙的阴坡上，狼群的足迹消失了。那边的小坡上扔下了那个人的头颅。身体及四肢骨肉毛发均无所剩可言，看来那些狼对这个人真是“恨之入骨”了！那仁毕力格惊奇地想，那怎么剩下了他的脑袋呢？

“哎呀，天哪，可别再见到这样的东西。”阿尔斯楞老汉祷告着，再也不回头地往回走。

那仁毕力格他俩回来后，南斯拉吉老人从他俩脸上看出了什么，皱起眉头给他俩盛了茶。

阿尔斯楞老汉喝完茶说去放骆驼。

南斯拉吉老人看那仁毕力格几眼后又皱起了眉头："唉，以后可别见到那样的情景。"看来她想从那仁毕力格嘴里听一听情况。

那仁毕力格："那个人真的完了……"

南斯拉吉老人闭着眼："知道，知道的。一个人怎能抵得过那么多猖狂的家伙呢？它们可是厉害的。猖狂了，尤其受伤了，更会拼个你死我活的。哎呀，我的孩子，你可要知道这些。要是不与它们为敌，它们还好些。见了人，装作不怕似的，慢腾腾地往一边儿溜掉。想想那个样子，其实它们还是挺怕人的。"说着说着老人的惊恐神态不见了，脸上慢慢露出了笑容："它们还有一个习惯，它们不吃死尸。定要自己捕捉才吃。我小时候，有一个叫花脸儿朝鲁门的人。我们叫他朝鲁门叔叔。他脸上有大片白斑。人们说那是被野狗屎烧了。什么叫被屎烧了呢？关于他还有一个传说呢。据说在一个春天，朝鲁门背一筐牛粪往家走。可能比较远吧，途中在一个坡上坐着休息了一下。在春天暖暖的阳光下，坐着坐着就睡着了。忽然觉得脸上发凉。眯着眼一看，天哪，原来是那个孽障在往他脸上泼凉沙。朝鲁门急中生智，装死一样躺着。他怕一动，那家伙扑上来。他眯着眼就那么看着它。那个孽障走到那边沙地尿在尾巴上，用尾巴沾了一些沙子过来在他脸上扬。见他没反应，又过来嗅了嗅他的鼻子。朝鲁门为了吓唬它，在它再度往尾巴上沾沙子时猛地跳起来大喊了一声‘嗨得！’，没想到那家伙吓得拉稀了，没头没脑地往一边逃跑了。那家伙一受惊吓就会拉稀。据说它拉的屎是滚烫的，所以说朝鲁门的脸就那样变花了。我们问过朝鲁门叔叔，问那事是不是真的，他每回呵呵一笑就过去了。他那个表情，看来是真的呢。”

当今社会居然还有生活在狼群中的人呢！抑或，这里真有着什么，他们才守着这里不肯离开？那仁毕力格这么想着，顺着老人的话：“哎呀，跟那些家伙为邻过日子可不容易啊。与其这样担惊受怕地守护着牛羊，不如搬到人多一些的地方，不是更好吗？”

南斯拉吉老人：“哎呀，我的孩子，你可不知道。生来的故乡，习惯生活的地方啊，走他乡为异客更难吧。说它们吧，我们这一辈子已经习惯怎样跟它们打交道了。说它们坏吧，也有它们的好处。有了它们，牛羊长得更好，个个膘肥体壮的。我这么说，我外甥都不信。它一嚎叫，牛羊就会受惊吓，就知道保持警觉。人和畜生是一样的呀。心安，身也就逸了。安逸过了头，就会堕落。所以我说，它在，牛羊才会膘肥体壮呢。”

“那么，这东北边的废墟是什么废墟呢？”那仁毕力格又引话题。

南斯拉吉老人：“那可是老早的东西。你注意到了么？那个废墟的西北角有一个高坡。那个高坡叫呼拉呼敖包。据说那座城，以前是一个住着诸多兵将，有官有主子的城。说是圣祖成吉思汗在那个呼拉呼高坡上集结兵马占领了那座城。之后，那个城瓦解了。那个坡因为是集结兵马的地方，所以被命名为呼拉呼。据说这样叫呼拉呼高地的城很多，传说都是圣祖成吉思汗占领的地方。”蒙古高原上，所有的东西都会与圣祖有关，所以，这座城也不例外了。是不是这位老人隐瞒着自己所知道的，讲了这么一个似真非真的东西在迷惑我呢？但是话又说回来，这户人家好像也没什么秘密似的。要是说有什么神秘的，也就是那个早晚都要祭拜的佛龛了。里面到底是什么呢？那仁毕力格琢磨。

“孩子，你在家休息一会儿。我去挑水。”南斯拉吉说罢走了出去。那仁毕力格从门缝里见她在两峰骆驼上驮着空水桶走了。这可是一个好机会！得看看那个佛龛里面！那仁毕力格心里闪过这个念头。

他见南斯拉吉老人牵着两峰骆驼越走越远。嗯，这下看一眼吧，那仁毕力格心里痒痒的，但是又有顾忌，人家不在，翻看别人东西总是不好意思……

那仁毕力格想驱散这个想法，走到外面。外面静悄悄的，什么都没有。夏日晴朗的天湛蓝湛蓝的，只见几片游云在飘浮着。草地的尽头，别说是人了，连牛羊的踪影都没有。唯有南斯拉吉老人牵着两峰骆驼慢悠悠地越走越远。不，还是要看看！我也不是要偷东西。看看能怎样呢？那仁毕力格给自己打气。

像是没事人似的，他进了屋，走近了佛龛。佛龛面儿是玻璃的，但被香火酥油灯熏得看不清里面。刚想打开看，却听见一阵狗叫声，本就惊慌的那仁毕力格更是吓了一跳。

那仁毕力格走出去一看，原来是来了一头驴，狗才叫的。你这个该喂狼的，那仁毕力格骂了一句，又进屋，想着怎么打开那个佛龛。

推开边儿上的栓，佛龛很容易打开了。里面是岩石料画的几幅人像。哦，原来他们家是祭祀人像的。那仁毕力格那般想着，再仔细一看那幅画，上面一个伟岸的男子与其夫人在喝茶，下面有几个人，有几匹马。啊，这个可能是圣祖成吉思汗全家福。是的，是的……细细观察这画的风格，看来是很古老的图画。这可是值得研究的东西啊，那仁毕力格不由得激动，不放心之余又出门去看了看。

外面静悄悄的。连刚才那头驴也不见了。这家的花狗在它一直躺的地方，安静地躺着。嗯，看来是可以的。那仁毕力格进屋拿了自己的相机，把那张画从各个角度拍了拍。佛龛里没其他东西。那么，这个柜子里是不是藏有那个传说中的玉玺呢？他又想接着看看柜子。

先打开了右面的柜子。里面有两包衣服，又见三双缎面靴子。上面抽屉里有做皮绳的工具以及刀什么的。他打开了左面的柜子。见一个丝绸包裹，鼓鼓囊囊的。嗯，这里可能会有那个玉玺什么的吧。他惊叹着打开了包。原来是一个银子珊瑚做的靓丽头饰。又见两个包，是绸缎面的羊羔皮衣以及女人的马甲之类。上面有两个抽屉，一个里有两个石头镜，两副鼻烟壶，烟袋及银镯子，金首饰什么的。另一个抽屉里搁着几沓百元钞票。那仁毕力格不由得一惊。哎呀，这户人家，如此贵重的东西怎能这样随意放呢？怎么锁都不锁一下？真是大意啊。他乱翻了人家的东西，有点后悔。人家信任于我，把整个家都留给我，我怎么就这样乱翻人家的东西呢？他不由得脸红了起来。

七

两面是沙漠，中间是芦苇草甸的柴达木，滩上长了一些盘柳，木贼麻黄，偶见几簇荆棘，在这样的草地上，有一群羊正在慢慢移动。

羊群的两旁各有一人，顺着羊群去的方向，偶尔轻声呼应着。

蒙古人自古就掌握了在咸水湖里洗涤牛羊驱虱虫的办法。阿尔斯楞老汉家今日要给羊群洗一个湖水澡。

阿尔斯楞老汉、南斯拉吉老太太在两峰骆驼上载了帐篷、锅碗、被褥已先行一步。他们约好中午时分在某地碰头用餐。

晌午时分，赶着羊群的两个年轻人，走进了一片地势平缓的沙地。

“这个地方叫塔玛嘎来芒哈[①]。”姑娘说。

“塔玛嘎来芒哈？为什么叫塔玛嘎来芒哈呢？”那仁毕力格惊讶地问。

“咦？我说塔玛嘎来芒哈，你那么吃惊做什么？谁知道为什么叫塔玛嘎来芒哈呢。自古就是这么叫的。我问过我爸，他也说不知道。”

塔玛嘎来芒哈？莫非跟那个传说中的玉玺有关？那仁毕力格定眼仔细观察了那片沙漠。

这片沙漠，没有一丝杂质，金灿灿的。放眼望去，目光所触之地的沙子在太阳强烈的照射下泛着白灿灿的光芒。这片沙海的每一粒沙子都是那么干净、柔软、沉静。

---

① 塔玛嘎来，指的是玺、章；芒哈，沙漠的意思。均为蒙古语。

这个塔玛嘎来芒哈也不例外。

羊群从那片沙地上踢踏着走过。那片干净的沙地留下了羊群的足迹，其间还依稀可见一些羊粪，这像是在金灿灿的纸上写了很多逗号句号一般神奇。

与此同时，那仁毕力格也清楚地看到了自己跟这位姑娘的足迹。利落、稳健的脚印是他自己的。哦，原来我是这么一个英俊利落的人呢。抑或说，从足印这个东西莫非能猜出一个人的形态、性情以及所从事行业？那仁毕力格这么想着，也看了姑娘的足印。那也是踏实的、秀丽的足印，并且很坚定、很干脆。哦，真是啊。除了这个姑娘，别人是踩不出这样的足印的。那仁毕力格这么想着，不由得端详起姑娘来。姑娘像是一棵沙地芦苇一般，甩着双手，美美地摇曳而行。要是能抱一抱这个可爱的家伙……他如此一闪念，忽地淡了关于玉玺的思绪。

临近中午，太阳甚是灼热难耐，连风儿都带着滚烫的气息。姑娘悠扬地吹起口哨。是那首民歌《森吉德玛》的调子。这里的人们相信，吹了口哨会起风。此时真有了一丝丝风的感觉。那仁毕力格也跟着姑娘吹起了口哨，但他吹的实在不着调儿。

就这样，越过了一个沙坡。见那边的沙坡上有直直的青烟在升起。一直走在一片金黄中的那仁毕力格忽然想起唐代诗人王维“大漠孤烟直，长河落日圆”的佳句来，不由得一阵兴奋。

那个沙漠的边儿上，有一处长有红柳的地方，有水有草，仿佛是专门提供给他们午休似的。阿尔斯楞老汉夫妇正在那里立了图拉嘎[①] 煮着奶茶。

口干舌燥的那仁毕力格闻见那诗意的青烟旁飘着蒙地奶茶的醇香。

羊群散落在柳荫下，湿地上，绿草、黄沙、白羊、蓝天组成了眼前这油画般的景色。阿拉坦卓拉走在羊群的右侧，不时喊着“差得，差得”，走上北边高一些的沙坡上：

琴弦要弹出韵律来嘛
心里思念的是森吉德玛
想起我那聪明可爱的
森吉德玛呦
哎呼，我的森吉德玛

那仁毕力格熟悉的音韵传来。见她走下沙丘。

“喝了茶之后，我的俩孩子去那边柳荫下休息吧。我们图省事，没搭帐篷。日头偏西，天凉快一些我们再启程。今晚到宝日勒吉沙漠休息吧。”喝茶的时候，他们之

① 图拉嘎，蒙古语，灶的意思。

间有了这般平常的交流。有着这样平常交流的野外茶歇给那仁毕力格很亲切的感觉，自己真想像诗人王维那样诵读一首诗，他似乎明白了那些诗人写出美妙诗歌的原因，心情激荡不已。故人王维先生诗曰“大漠孤烟直，长河落日圆”，想必一定也是见了自然界静物心悦而诗。虽说烟在动，然而它是笔直向上的，所以在他眼里定是静美的。落日虽说也是慢慢西沉的流动物体，但在他眼里依然是非流动的，所以在他笔下定格为一个“圆”。若是那位故人听到了“比那深深的海水，还要纯净美丽叨”森吉德玛一样愉悦杭盖[1]戈壁的歌，见到了数以千万计的牛羊在这里滚动，那么不知他将写出怎样的诗歌？他这般想着，好像自己感受到的比那位故人要多得多，却又说不出所以然来。

日头偏西，天渐渐凉快的时候，人与羊群动身了。

傍晚要走的这段路不太长，那仁毕力格和阿拉坦卓拉二人，随着羊群的性子，慢慢前行。阿拉坦卓拉时而喊着“差得，差得”，遇到有水草的地方，羊群驻足时，走到沙坡上：

雄鹰的羽毛还剩下两片

---

① 杭盖，蒙古语，水草丰美的山林。

苦难的地狱中唯有森吉德玛
如若我们还有轮回重生人间
唉呼，森吉德玛
祈祷五生五世与你结为夫妻不分离
唉呼，离情别意苦煞人
森吉德玛

眺望远方高歌。

哎呀，这个姑娘可真是。她的一切无可挑剔，言行利落，但怎么就偏偏喜欢在沙坡上唱歌呢？还偏偏只唱这一首《森吉德玛》。听这首歌，一听便知是情歌，而且是情人分离的悲情歌。或者说，这姑娘跟一个小伙子谈过恋爱，因为一个什么事儿分了手？然而，从这姑娘平日的表情是看不出什么的。那仁毕力格不由得好奇。

太阳西沉时，到了那个叫宝日勒吉的沙漠。北面的沙丘很高，其南麓有一个较大的盆地。

两个老人搭起了帐篷，拿夏天晒干的肉干儿，熬了汤，候着两个年轻人赶来。

帐篷东南侧空旷的沙地上烧着一些树枝和马粪，冒着青烟。

骆驼真是一个聪明的动物，它们走到那个青烟上风处，安静地卧下了。哦，迁徙的时候，夜宿的时候，哪里有火苗，牲畜们都会去那里卧下。关于这个情形，古文史料上没有什么记录。但是，偶尔在一两个老人平日的话题里听说过。原来，这是真的。那仁毕力格这么想着。

初月似小碎片慢慢西沉着，星星渐渐多了起来。天越来越黑，银河依稀可见。

南斯拉吉老人在支起来的图拉嘎锅下不断地添加干树疙瘩，火烧得很旺。锅里的肉开得很欢，一股羊肉的香味直扑鼻。

“肉也该熟了。俩孩子肯定饿了吧？”阿尔斯楞老汉说，南斯拉吉老人拿起锅盖，用勺子舀了舀，再舀出半勺汤祭向天空，又舀些许汤祭了火之后，往铜锅的盖子上盛了肉。阿尔斯楞老汉用刀切了少许的肉祭了火：“来吧，孩子们，快吃吧。”

关于祭火，在野外祭祀，那仁毕力格是问过南斯拉吉老人的。“我们承蒙圣祖所赐福祉，人丁平安、畜群兴旺，所以先得敬圣祖。再将圣祖恩赐，敬献给帮我们煮熟食物的火。我们怎能离得开火呢？”老人曾经如是回答。那仁毕力格因为这个回答对这个老人不由得肃然起敬。

那仁毕力格不能总结出野餐的美味之理，但他亲自体味了野餐的味道真的很美。

“嗷——”听见远处有狼在嚎。真是的啊，这个沙漠里也一样有狼的呀。野宿是要野宿。那些狼会不会来围攻，不会像那个……那仁毕力格刚想到这儿，阿尔斯楞老汉说：“然后呢，今晚你们两个年轻人可得守着羊群过夜啦。”这真可谓是“恐惧的时候乌鸦叫”的事儿。他看了一眼阿拉坦卓拉，她面无表情地将吃炒米的碗用茶冲了喝掉：“那么，这几个坐骑怎么弄？”

阿尔斯楞老汉说：“拴着吧。早晨醒了再放开让它们吃点草。”

阿拉坦卓拉和那仁毕力格要去守护羊群了，拿着被褥走的路上，阿拉坦卓拉：“你睡羊群的哪一边？”那仁毕力格吞吞吐吐，没法儿说睡哪一边。他也说不出“我害怕，咱俩一块儿睡吧”的话。

阿拉坦卓拉在黑暗中嘻嘻笑着：“怎么了？是不是怕它们把你拖走？说不准哦。谁怕，它们就会把谁拖走的。”黑暗中，仿佛看见姑娘鄙视的脸。

“那么，难道你不怕？”听那仁毕力格这么问，阿拉坦卓拉说：“怕又怎样？总不能跟你一块儿睡吧。你这个家伙要是不规矩的话，反而麻烦。”

那仁毕力格单纯地接住这个话：“不会的，不会的，我绝对不会那样。睡这个荒野上，真是有点……”

阿拉坦卓拉：“那你说话算话啊！要是说话不算数的话，表现不老实，我就把你送给那个家伙。”

他俩打算睡在另一堆篝火旁。阿拉坦卓拉说：“你先铺被褥吧。离我五丈远的地方铺你自己的。我去看看羊群就回来。”

姑娘消失在黑暗里。但她“嗨，呼咿”的轻声细语清晰可闻。

正在这个时候听见有狼在东面“嗷嗷”嚎叫，西面也有狼在“嗷嗷”嚎叫。西面狼嚎声刚刚停止，又有狼叫声从西南方向传来。天哪，这些家伙传呼着彼此要集结吗？那仁毕力格刚想到这个，北面又听见狼嚎声。

天哪……那仁毕力格惊恐不已时，听见阿拉坦卓拉在北面唱道：

飞鸟的羽毛还剩下两片
阎王爷的门槛唯有森吉德玛
如若我们还有轮回重生人间
唉呼，森吉德玛
祈祷与你再相逢结为夫妻不分离
唉呼，不堪命运苦煞人
森吉德玛

夜晚听起来，那歌声那么清晰，那么深情，那么伤感。

狼嚎声在四面八方此起彼伏。

哎呀，这可真是要完了……那仁毕力格吓得使劲往篝火上添加树疙瘩，阿拉坦卓拉的声音“嗨，呼咿”地走近了。

再接着，影影绰绰地，阿拉坦卓拉走到了那仁毕力格跟前：“你不睡，干吗还在添柴火？冷吗？还是怕？”在他背后嘻嘻笑着。

“不，可……它们老叫唤……所以，添一些火……”

阿拉坦卓拉：“它们叫唤，跟你有啥关系？它们是用自己的嗓子在叫。我跟它们已经说别再叫了。好了，你放心地睡吧。”她瞥一眼那仁毕力格铺的被褥：“你作为男人是要睡在外围吧？”说着，自己却走到在外围铺下的被褥边儿上，像是不在野外一般，脱掉衣服叠好放在枕头下，躺了下来。姑娘脱衣服的瞬间，篝火的光照到了姑娘那些让男人眼睛一亮的所有部位。哦，狼，还有姑娘，他们哪一个都让那仁毕力格无法入睡。

旁边的羊群，安静地卧着发出“及日朱日”的反刍声。听说这些畜生很机敏。它们如此安宁地卧着，看来狼是不会来的。那仁毕力格这才发现狼群真的不叫了。这姑娘真的跟狼群说好了别叫？

那仁毕力格怕狼的心情平复了。但他不敢由着年轻人火热的情怀跑到姑娘身边。要是说没想接近姑娘，那是谎话。此刻他想了如何接近姑娘的各种办法，但想起姑娘的刚烈秉性让他打住了念头，渐渐进入了梦乡，将狼与姑娘同时抛在了脑后。

八

途中住了两宿，他们四个在一个晌午时分走到了恩格吉湖畔。

这是一面很大的湖。

在头一年洗羊的洼地上老汉画了一个洗羊的池子，阿拉坦卓拉和那仁毕力格忙乎了半天才修出一个坑，坑口一侧斜面向着湖水，又挖了一个水渠，可以从湖里引水流到这个坑里。

然后要怎样呢？那仁毕力格诧异不已的时候，湖水流进了那个坑，满盈盈的。

阿拉坦卓拉赶着羊群，走近那个坑，倏地抓住了一只羊的前后两条腿，后背朝下，“扑通”扔进了那坑水中。那只被甩的羊，在水里翻了一个身后，摇晃着湿漉漉的脑袋翻出水面，朝那个斜坡游去，当它蹄子着地的时候，跳跃了几下，就到了陆地上，使劲抖动着身子站在一边儿。哎呀，原来羊是一个会水的动物。对了，蒙古人的俗话说有肚子的动物都会水，原来不假呢。那仁毕力格看着她抓起羊扔水里，起先有点吃惊，后来有了点儿勇气，学着阿拉坦卓拉抓起羊，扔进水里。

起初，那仁毕力格像个男人，扔得起劲儿。扔了几十只之后，开始没劲儿了。阿尔斯楞老汉说：“孩子们，慢点干，急啥？要不休息一会儿，休息一会儿。”

一直扔羊扔到太阳西沉，白白的羊个个都像棕色球体一样了，阿拉坦卓拉和那仁毕力格也真是耗尽了力气，累得连自己的耳朵都没力气撑着了似的，瘫坐在地上。

越是幸福，越不会感知幸福，这是世间的规律。从早晨开始忙着羊羊羊，耗尽了浑身力气的那仁毕力格感到，现在坐在这个沙地上，是这辈子都没享受过的巨大幸福，而且他觉悟，幸福原来是这么一个东西。这种幸福中蕴藏着全力以赴完成一个目标的无以言说的喜悦。

那仁毕力格和阿拉坦卓拉连说话的力气都没有，就这样坐了半个小时。这时，那边帐房前升起舞动的青烟，生活在那里召唤着他俩。是啊，真想喝一口香喷喷的奶茶啊，不，还想好好吃一顿，俩人同时这样想着，被这个念想搀扶着站了起来。

然后，疲惫至极的那仁毕力格，没了考虑狼之威胁的精力，睡得死死的。第二天醒来时，太阳升得老高。

羊群安安静静地躺着。

阿拉坦卓拉蹲在图拉嘎边儿上，铜锅里煮着一个什么，散发着苦苦的味道。

“嗨，起来洗脸，喝茶吧。然后去把那些棕色的家伙收拾收拾。”姑娘笑着，说了一句让他摸不着头脑的话。

他起来，见洗了盐水澡的羊个个都变成了棕色，正在吃着草散去。他明白了“那些棕色的家伙”指的是什么，但还是不明白“收拾”的含义。

临近中午，老少四人开始喝起阿拉坦卓拉刚才煮的墨绿色的汤水。那仁毕力格有点奇怪。“这是？”他问。

阿尔斯楞老汉说：“是药，药。黄花蒿汤。喝了不会中暑，有凉性。”

阿拉坦卓拉听了之后“扑哧”笑了：“咦？你不是对草木很有研究吗？这是黄花蒿，这你都不认得？就是把它熬成了汤！”

哦，原来黄花蒿这么苦。那么，为什么要煮它喝呢？那仁毕力格奇怪地嘀咕，但是自己想不明白。到了中午，四个人赶着羊群，放到空阔的沙地上，守在其四周，在烈日下烤着羊群。那仁毕力格这时才明白阿拉坦卓拉所说的“收拾”以及喝黄花蒿汤的原因。但又有了新的疑问，为何让这些可怜的动物在烈日下遭受这般罪呢？

畜生可怜，人也可怜。

浑身是盐巴的畜生在烈日下被晒得恨不得要张口说话。

“让这些可怜的畜生，受这个罪干啥？”那仁毕力格说。

阿拉坦卓拉：“那怎么办呢。可怜肯定可怜呗。但是只有这样洗晒过的羊才能远离病痛，羊毛还会更加洁白呢。”说罢她跑向一边，去往回赶那些往外跑的羊。

正午的沙漠里，你想啊，人和畜生一起遭了大罪，过了中午，天渐渐凉快时他们放了羊群。

那仁毕力格和阿拉坦卓拉紧随羊群，他看自己穿着的衣裤以及浑身的汗泥，说：“咱俩今天把羊群赶到那条河边吧。这衣裤，这身子，这头脸真该好好洗洗了。”

阿拉坦卓拉说：“那怎么行啊？今天咱俩没拿脸盆什么的……”

那仁毕力格呵呵笑着说：“有那么大一块水，要什么脸盆嘛。”

阿拉坦卓拉瞪了一眼那仁毕力格说：“哎哟，你真是想得美！你要像南方人一样随便下河水，玷污它？龙王要是发怒了，你浑身长疥疮。你以为这条河是什么河？恩格吉湖是圣祖成吉思汗的白骆驼离群而去时撇下驼羔，奶子发胀滴落而形成的湖泊。自东北、东、西南、西北各有一条河流入这个湖泊，所以它永远不会干涸。你要进去撒野？万万使不得。你进去洗了澡，谁还吃这个湖里的盐巴？这里的盐巴可是方圆几百里人的命根子。”

被阿拉坦卓拉训斥过后，那仁毕力格再望一眼那条河，见它像一条银线，显得无比圣洁。由此他也想到了古代蒙古人适当惩罚玷污泉水的人的法典。

忽闻“咿嘿嘿”的声，阿拉坦卓拉望天空：“你看，老鹰在告诉你快要下雨啦！要是下了雨，羊也洗个澡，咱俩也可以洗个澡啦，看看这老天，不知能否熬过两天？这羊啊，最起码得晒两天。”那仁毕力格听着阿拉坦卓拉说的话，似懂非懂地也望着天空，见两只老鹰在空中慢慢盘旋，并发出“咿嘿嘿”的叫声。

“老鹰在说什么？”那仁毕力格问。

姑娘笑了：“要下雨了。老鹰在高空中发出这般声，意味着这两天要下雨。据说老鹰在说‘屁股都快冒烟儿了！’”姑娘说罢又咯咯笑。哦，蒙古人的传说里，不是说有什么什么人，通晓所有生灵的语言，莫非真有这样的人，比如眼前这姑娘。那仁毕力格想着，为自己能发现这些而得意。

老天爷成全了这些受苦的人，第二天果真又暴晒了一天。

“看这老天的样子，下是肯定要下一场大雨的。就是不知道哪天。”南斯拉吉老人傍晚日落时在外面熬着茶说。

那仁毕力格笑着问：“您是怎么知道的呢？”

南斯拉吉老人：“你看那烟，落地了。我们回去后再下就好了。要不这个野外湿乎乎的……”

阿尔斯楞老汉听了点头：“看来是过不了明天，只要我们赶在雨前，到了阿尔比基沙丘南边的红柳丛里就好一些。今天早点休息，明天早晨早点出发吧。那就差不多啦。”

第二天大清早出发的几个人，晌午时分看到了那个所谓阿尔比基的沙丘。

那仁毕力格想起阿尔斯楞老汉的话，看了看天色。天晴得一丝云彩都没有。真是闷热难耐。

“看这天色，今天是不可能下雨了吧。”他说。

阿拉坦卓拉说：“天气这个东西，说不准。不是有一句话说‘说什么话是人的自由，刮什么风是天的自由’吗。真闷啊。不过一旦云起，雨也就立马来了呢。”

阿尔比基沙丘南坡上长着很多红柳。阿拉坦卓拉走上一个沙头“差得，差得”喊着，把羊群赶进了红柳丛。

烈日下暴晒过的羊群进了柳丛，真是享受极了。路途劳累的几人也开始在柳丛边上搭起帐篷，准备午餐。

刚要喝茶，北方天际升起像山一样形状的云。

“哎呀，孩子们，赶紧喝茶吧！今天可是要下大雨啊！”老汉说。

阿拉坦卓拉和那仁毕力格俩人马马虎虎喝了茶，走到帐篷外一看，见北边移来黑压压的云层。几人同时想起一句俗语“鬼趁空当，狼趁下雨”，阿拉坦卓拉和那仁毕力格一起跑向羊群滞留的柳丛。

黑云越来越逼近，大雨呼啸而来。太阳不知何时被云层遮蔽，忽然昏暗一片，雨点劈里啪啦地响着，渐渐大雨瓢泼。

阿拉坦卓拉和那仁毕力格披着毡子做的雨披，顺着羊群的边儿“差得，差得”地轻声喊着。几日来被烈日暴晒，沾了盐巴和泥巴的身子，感觉发痒。那仁毕力格觉得在这个雨里淋着，真好。忽然想起阿拉坦卓拉前两天说的话，“下了雨，羊可以洗个澡，咱们也可以洗个澡了……”他说：“啊，这雨下得可真好啊。淋着也好。”

阿拉坦卓拉听了咯咯笑：“淋雨好啊！脱了雨披脱了衣服顺着那个沙坡跑吧。跑一圈回来，你身上的泥巴什么的都干净了。”

那仁毕力格问：“真的吗？那我真要跑了啊。”说着他脱了毡子雨披，将它立在一边儿就开始跑。虽然他没有像阿拉坦卓拉所说，有勇气脱了衣服，但是跑着跑着衣服全部湿了，反而绊住脚步很不方便，他想，脱就脱了吧，在这荒漠上，谁会看见……于是，他边跑边脱，一个个挂在柳枝上。

多少天被晒、出汗、成泥的身子在接受雨水的冲洗，他不由得感到幸福，激动地喊着“差得，差得”，在无尽的沙漠里不分南北方向，疯了似的奔跑。

跑了一阵子，越过一个小沙坡，那仁毕力格被眼前的情景惊呆了。那边的沙丘上，法国著名画家安格尔的那幅名画《泉》中的女子现身了。天哪，不可能有谁在这个荒漠里雕塑了安格尔的《泉》。更不可能是活人。那么？……那仁毕力格想着出神。要是一个异性全裸在你面前，你会注意其哪一个部位？这个问题，答案肯定千奇百怪。不过，所有人的目光都会落在同一个部位，这是毋庸置疑的。那仁毕力格知道，要研究某一个事物，应该有必要从不同角度去研究。然而，他现在遇到了前所未遇的问题，忘了那个理论。不是，得看看脸部是怎样的？他目光上移，见阿拉坦卓拉活脱脱地站在那里，紧闭双眼，面朝天空，正享受着飘洒的雨水拍打。哎呀，这个可真是过分了。都说城里的姑娘大方得厉害，也没见过她们如此放纵裸露过。那仁毕力格不由得心生责备。然而，他没想过，这里的人们不玷污泉水河水，却用雨水清洁身体。

幸亏闭了眼。要是她知道我在看着她，肯定会羞死了。那仁毕力格顿悟，就往回跑。

那仁毕力格跑回原地，见姑娘披的毡子雨披立着，不见人。

被凉凉的雨水淋湿透了的那仁毕力格有点冷，赶紧钻进了自己的那个毡子雨披。里面暖得很。他又一次感到说不出的幸福。

那仁毕力格身子刚刚暖了一点，见阿拉坦卓拉也像是冻着了，向这边跑来。要是知道我在的话，害羞的她会往回跑的吧……那仁毕力格想错了。阿拉坦卓拉毫不在意地钻进自己的毡子雨披，以打趣的眼神看着那仁毕力格："往回跑得像兔子似的，什么男人啊？难道我会吃了你？"言外之意，姑娘知道刚才他看到她了，脸倏地红了。姑娘的话，也含着一种尴尬。

俩人同时以异样的眼神望了彼此。

学者们探究起人类什么时候开始身着衣衫，说是从人类知道羞耻为何物开始的。却没有人说，是从知道自己冷暖开始，真奇怪。若说知羞耻，即是人类从野蛮转变为文明的界限的话，也是自那时起，人类虚伪、计谋、狡猾……所有的品格也开始形成了吧。

阴阳相吸引。

吸引至极时，阿拉坦卓拉闭上了眼睛。那仁毕力格将自己的毡子雨披层叠披在姑娘的雨披上，搭成了一个尖顶小帐。

然而，那个帐子没能安静，开始颤动起来……

雨下得没那么大了。淅淅沥沥地飘洒着。

冲净身上盐巴的羊儿们偶尔使劲抖动着身子，反刍着。周围一片宁静安详。

……

雷雨来得快，散得也快。天从北边放晴，云层向南移去，骄阳又开始烤灼起来。

统海柴达木的草地被方才的雨水洗涤得愈发青翠，顺着那个柴达木东边，有一群羊像云朵一样游弋着。

羊群后面走的俩人是我们所熟悉的那仁毕力格和阿拉坦卓拉，相比从前，他们的神态看起来有所不同。

九

几天之后，又下了一会儿雨。放晴之后的天，真是爽朗舒适。

阿拉坦卓拉坐在她原来一贯坐的那个沙坡上。头上围着粉红色的纱巾，远远地看着很是鲜艳，像是在红色玛瑙石上放着一个绿色翡翠烟壶一样。

然而她不是翡翠烟壶。她见天气好，就唱道：

比那深深的海水
还要纯净美丽叨
比那桂花其其格
还要芬芳艳丽
想起你深邃智慧
哎呼，森吉德玛
用一生为你奔波

也是无怨又无悔
哎呼，
苦也甘心又情愿
森吉德玛

歌声真是嘹亮。

姑娘东南面的沙坡上出现了一个人，是那仁毕力格。阿拉坦卓拉看到了他，捧起一把沙子向上扬起。间隔一会儿，又捧起一把沙子扬起。

见那仁毕力格朝这边走来，阿拉坦卓拉躲进高高的沙坡下长满荆棘和红柳的树丛中，那仁毕力格甜蜜地笑着，朝着阿拉坦卓拉隐匿的方向走来一看，却没见她踪影。

“阿拉坦卓拉，阿拉坦卓拉。”那仁毕力格喊。没动静。

“阿拉坦卓拉，你在哪儿？”那仁毕力格又喊。还是没反应。他知道阿拉坦卓拉是故意的，就说：“躲着玩是可以的，不过得小心哦，那个草丛里也许有蛇呢。”他边说边找阿拉坦卓拉。

这个冤家，可不是那么容易找得到的。我找你躲，你见我就躲了。哼，我可有办法找到你。那仁毕力格这么想着：“你藏着好了，我可不找你了。我回去了啊。”他走了一小会儿，蹲在一大簇红柳下。

还是没动静。莫非跑出这个柳丛了？……那仁毕力格忽然听见背后有阿拉坦卓拉移开柳枝的声儿。那仁毕力格偷笑着，藏在柳丛里，朝那个声响处望去，只见阿拉坦卓拉弯着腰，踮着脚走在红柳间。那仁毕力格尾随而去。

阿拉坦卓拉走出柳丛，走到沙漠边儿上时，那仁毕力格从她背后猛地抱住。阿拉坦卓拉吃惊地尖叫起来，见是那仁毕力格，捂着胸口说："哎呀呀，真是吓死人。心都快蹦出来啦。真是一个大坏蛋！"

那仁毕力格亲了一下阿拉坦卓拉的脸："谁叫你躲着我的？"

阿拉坦卓拉轻轻推开那仁毕力格将吻的唇："那你也不能这样吓唬人啊！"

那仁毕力格亲了阿拉坦卓拉的手心，抱着她坐下，脸贴着她左边的乳房："哎呀，你的心跳得可真厉害。是我错了，让你受了惊吓……"

阿拉坦卓拉轻轻吻了一下那仁毕力格的脸颊："没事，没事，我故意的。我还真以为你不找我就回去了呢。你……"

那仁毕力格吻住了阿拉坦卓拉的唇："我能那样吗？"接着就动手动脚起来。

阿拉坦卓拉皱起眉头说："你就不能老实坐着说一会儿话？连说话的时间都没有似的。对你来说，就没有比那个更美的事？"

那仁毕力格："说是嘛，哪儿有比那个更美的事儿？"说罢更加直接起来。

阿拉坦卓拉半推半就："哎呀，你慢点，眼睛都快冒金星了。又不是在驯马，你呀……"

……

高空中有一只猎鹰不扇动翅膀，平稳飞翔……

"你会不会撇下我走了呢？"

"为什么要走啊？不走。"

"真的吗？"

"真的。"

"哎呀，说不好吧。你们男人跟那个发情的公牛一样。你看那些公牛，发情的时候，真是不得了，两头公牛一见就狂哞着，扬起沙子，双方打得不可开交。一旦那个时候过了，两头牛又和好了，离开牛群，寻个水草丰美的阴凉地儿一块儿卧着。"

"怎么会跟那个一样呢？它们是它们。是不懂事的畜生。人是高级动物，有感情，有爱情……"

"就是心智进化的人才会干一些意想不到的事儿呢。你……"

"哎呀，别说这个了。你总是这样折磨我。我是男人，说话算话。现在不说这个了，说点别的吧。"

"说啥别的？"

“什么都可以说呀。比如，你们老家就是这里的？”

“你问这个做什么？”

“随便说说嘛。”

“老家不是这儿。好像说从哪儿搬过来的。不记得了。”

“从哪儿啊？”

“哎呀呀，真不知道了。忘了。什么布拉格？”

“茂布拉格？”

“哦，是的是的。你怎么知道呢？”

“不是，我听说有这么一个地方。然后呢？什么时候搬过来的呀？”

“唉，很久以前的事儿了。我们家搬到这儿，我才出生的。”

“那你们姓什么？”

“弘吉剌部，傲勒胡弩德氏。”阿拉坦卓拉回答得很顺溜。果然如此。有这个姓氏是对的。他们应该是在更早的年代从遥远的地方迁徙而来的。十世纪，弘吉剌部在现今贝尔湖和喀剌哈河附近居住。成吉思汗的母亲诃额仑，还有成吉思汗的勃尔贴哈屯[①] 都是弘吉剌部落人。大元帝国百余年历史上弘吉剌部落出了十八位哈屯，被封为公主的也有十一位。因而，蒙古人尊称该部落为“娘舅亲”氏。

---

① 哈屯，蒙古语，尊称，即为“夫人”。

那仁毕力格想到这儿："那你们更早的时候，是什么地方人？肯定不是这儿的了？"

阿拉坦卓拉亲昵地瞪了一眼那仁毕力格："你今天这是怎么了？快要问我们家八辈儿祖宗了。听阿爸说，我们以前还真的不是这儿的。察哈尔？还是什么一个地方的吧。你去问阿爸就知道了呗。"对了，这就对了。"成吉思汗 15 代子孙巴图蒙克达延汗，恢复大蒙古基业，再度统一了蒙古各部落。1509 年重整长城以外的蒙古各部落，建立了六个万户，其第一万户即是护卫军察哈尔万户。"这是学者赛音吉日嘎拉在《伊金霍洛旗蒙古人的姓氏统计》这一论文中提到的论点。这篇论文里也记载着"1634 年，林丹汗逃离清朝官兵的追杀，在青海的西拉塔拉草原逝世，察哈尔军分裂为两派，一部分人跟随林丹汗之子额哲，大福晋苏泰，带着蒙古帝国传世之宝玉玺归顺清朝"。学者赛音吉日嘎拉老师，谈起关于居住在鄂尔多斯的察哈尔人时，写道："林丹汗的军队被清朝官兵追赶西逃时，顺着鄂尔多斯北部的达拉特、杭锦、鄂托克的阿尔巴斯山麓由东向西而去的。此时，阿拉格苏勒德在部分察哈尔人的守护下留在了鄂尔多斯。林丹汗逝世，其子和大福晋路经鄂尔多斯奔向沈阳，归顺清朝时，跟随的部分察哈尔官兵不愿去降服于清朝朝廷，两千余人守着白旗留在鄂尔多斯。鄂尔多斯额林臣吉农对这部分人格外照顾，从鄂尔多斯西南方腾出一块牧场，安置了他们。这些察哈尔人进行盟旗编制时，成了乌审旗的察哈尔属民，没过多久就融入了鄂尔多斯。鄂尔多斯察哈尔姓氏的来历如是。”好了，现在他们的家族来历已经清楚了。那么，他们供奉着什么神灵呢？那仁毕力格又想起这个想了无数遍的问题。

“那你们是达尔扈特人吗？”那仁毕力格忽然问。

阿拉坦卓拉很奇怪：“什么是达尔扈特？”这个反问，让那仁毕力格泄了气。看来他们不是达尔扈特人。那么，他们供奉的只是一个画像……

那仁毕力格说：“达尔扈特，指的是守护、祭祀圣祖成吉思汗的那些人。”他以阿拉坦卓拉能理解的方式回答她。

阿拉坦卓拉点着头：“我不知道这些。就是知道，也是我阿爸知道。阿爸做大祭祀的时候也会念叨圣明的成吉思汗……”

那仁毕力格听阿拉坦卓拉说起“大祭祀”就敏感起来：“什么？大祭祀？什么时候搞大祭祀？”

“正月、三月、八月、十一月。”阿拉坦卓拉漫不经心地回答。哎呀，这里肯定有什么奥秘吧。一年祭祀四次，看来那不是一般的画像。那么？他想了想，但是怕阿拉坦卓拉察觉什么，没有马上接住阿拉坦卓拉的话，停顿了一阵儿后：“老人们就是那样。我阿爸也是毫不含糊地每天烧香点灯。那么，你们家供的是什么？”

阿拉坦卓拉一脸惊慌：“哎呀，那个怎能说呢？”又显出一脸无奈：“据说，供着什么是不能说的。这是理儿。我……”

那仁毕力格从阿拉坦卓拉的神态推断着什么：“哦，有这个说法吗？那就别说了。我们家是供着一个头盔，一把剑。据说是一个什么英雄人物的。我小时候还戴过那个头盔。古代人的脑袋比现代人的脑袋要大得多呢。感觉特别大，没法儿戴。”

阿拉坦卓拉听了说：“听说我们那个神是不能看的。谁看谁会发疯。也不知道是我们家哪一代的祖先，喝酒之后看了一眼所供的神，结果好像是疯掉了。只是瞄一眼可能还好一些，说绝对不能翻开里面的文字，不能读它。读了肯定就完蛋了。”

那仁毕力格表现得毫不在意，顺着她的话说：“哦，那么肯定是一本书吧。那么，你们那个发疯的祖先翻阅了那本书，有没有说那里面写了什么？”

阿拉坦卓拉使劲摇着脑袋说：“那谁知道啊。”那仁毕力格想，他从未听说过什么文本一年四季都要进行祭祀。到底是什么文本如此尊贵呢？那仁毕力格脑海里搜寻历史文献书籍。目前存留的书籍中《甘珠尔》《丹珠尔》属于最尊贵的书籍，但也从未听说过关于这两本书的祭祀之事。《蒙古源流》[1] 虽然收藏于阿拉格苏勒德馆，但也只是收藏而已，也没有专门针对它的祭祀仪式。那么，那到底是一本怎样的书籍呢？要说它还有祭祀仪式，那么，定与圣祖有关。那么，……那么？莫非，啊！会不会是《蒙古秘史》？那仁毕力格想罢暗自吃惊。《蒙古秘史》是以维吾尔真蒙古语写就的，这一问题上很多学者观点一致。然而，至今谁也不曾见过维吾尔真蒙古语写就的《蒙古秘史》，蒙古最后的帝王——察哈尔林丹汗应该有这本书。若如此推理，她家供奉的那本书很可能是这一本。若是能发现维吾尔真蒙古语写就的《蒙古秘史》……

阿拉坦卓拉忽然打断了他的思绪：“你怎么不说话，走神儿了？”

那仁毕力格甜蜜地笑着说：“想起你方才的话了。怎么会看了自己供奉的神就会发疯呢？应该不会吧。”

阿拉坦卓拉：“是，是真的呀。”

那仁毕力格：“要是不供奉的外人看见了会怎样呢？应该不会发疯吧。”

“为什么？”

“肯定也有人见过你们家供的神。也没有各个发疯吧？我也天天看到呢。也没发疯啊。”

---

①《蒙古源流》，蒙古族古典史诗性著作之一，萨囊彻辰著。

阿拉坦卓拉笑着看那仁毕力格说："你天天看到的只是佛龛。我们家的神能让你那么轻易就看见？在下面的箱子里……"说了一半，她自己知道说漏了嘴，眼珠子都快蹦出来了："哎呀，我这是在说什么呢。"她开始走神儿，不说话了。

"哦，原来在佛龛下面还有箱子。那个箱子的开关很隐秘，是吗？"

听他这么说，阿拉坦卓拉更是发愣了："你是怎么知道的呀？"

那仁毕力格说："不是你说的吗？从你话里听出来的呀。"

阿拉坦卓拉捂住嘴巴："妈呀，怎么办啊？不过你千万别看我们家的神，你会发疯的呀。"

"我肯定不会发疯的。"

"为什么？"

"你不是说不能看自己所供的神灵吗？供着的人不能看，别人看肯定没关系。"

"真的吗？"

"肯定。"

"那我刚才跟你说了所供神灵的秘密，我会不会发疯呢？"

"不会的。因为，不是你说的，是我自己猜到的。"

“那么，你能不能不看啊？”

“我想看到一个东西，要是看不到，反而有可能会发疯呢。我就是这么一个人。就是玩具，也想拆开看看里面装着什么。”阿拉坦卓拉听罢不说话了，望着红柳发愣。

那仁毕力格温柔地笑着，搂着阿拉坦卓拉的脖子，亲了亲她的唇：“好了，算了算了。我也没说非要看。只是随便说说而已。”

阿拉坦卓拉紧紧贴在那仁毕力格胸前，说：“以后再说吧。”那仁毕力格紧紧抱着阿拉坦卓拉，让她枕着他的手臂，倒在柳荫下。

十

天上白云朵朵，真是一个晴好的日子。

看着天气好，有了兴致的阿尔斯楞老汉夫妇想去放放羊，采一些野菜，瓶子里装了酸奶水，去野外了。

留在家里的那仁毕力格和阿拉坦卓拉心照不宣地看了彼此一眼。“那要是我爸妈哪天一块儿出去了，你是不是想看看那个？”那天阿拉坦卓拉在柳荫下说过这话。

“你看是可以看，但是不会发疯了吧？我只是怕那个。”

那仁毕力格以劝慰的眼神看着阿拉坦卓拉：“绝对没事，你出去在那边沙丘上看看两位老人的情况，再说，你是主人，还是离那个远一些为好。”阿拉坦卓拉用惊异的眼神看了一眼那仁毕力格，点头走了出去。

见阿拉坦卓拉走远了，那仁毕力格倏地行动起来，从包里拿出了相机，轻轻走近了那个佛龛。想起阿拉坦卓拉说的那个佛龛下面的暗箱，想找到其开关，他轻轻摸了摸佛龛底座儿。没找到什么开关。没有一丝痕迹。哎呀，怎么开的呢？怎么没问她呢？……他继续摸。还是没找到什么。那仁毕力格心脏怦怦跳着。不，不能这样慌张。要稳。肯定有一处开关的。他开始仔细端详这个佛龛。木材很厚实，雕工很精美，明栓是铜制的。再仔细看，精雕细刻的马的桑麦[①] 那边有一点点缝隙，他轻轻按了一下那里，那里就凹了进去。哦，原来开关在这里。他很是高兴，一手握住雕刻的马，轻轻一拽，那个佛龛底部就开了。原来是一个暗藏的抽屉。那个抽屉里有着蓝色绸缎包，打开一看，出来了六本书。不知是激动还是怎么了，那仁毕力格感觉到一阵眩晕。怎么了？我不会也发疯吧？不会的。不会。一定要抓紧时间。六本书齐放一边儿，得一页页地拍摄下来……他觉得时间紧促，将六本书排成两行，一页页地拍了起来。

这部高级数码相机此刻真是派上了用场，拍摄这些书

---

① 桑麦，蒙古语，马额头鬃毛。

本的工作进行得很顺利。

拍完最后一页，他见阿拉坦卓拉走上毡房西北的沙丘上。再不抓紧就来不及啦。要是知道我偷拍，她肯定会气晕的。那仁毕力格将相机迅速装进包里，把那六本书包好放回原处。脱掉了拍书时戴的白手套，擦了擦佛龛面儿，长长吁了一口气……

那仁毕力格迎着阿拉坦卓拉走过去，阿拉坦卓拉明显是很愧疚的神情，瞅着那仁毕力格半晌不说话，长长叹了一口气说：“怎样？满意了？”继而再叹气。那仁毕力格知道阿拉坦卓拉为何叹气，但他知道现在说什么都没用，只好将这些隐隐的不快交给时间来冲淡。他在沙地上慢慢地坐了下来。

阿拉坦卓拉站了半天，也坐了下来。那仁毕力格：“来，坐近一点儿。”他温情脉脉地看着她，阿拉坦卓拉明显犯倔了，那仁毕力格强行揽过来搂在怀里。

天上的白云飘移着。见两只猎鹰慢慢回旋于上空。

“那猎鹰翅膀不怎么动，为什么掉不下来呢？”那仁毕力格问。其实他不是不知道这个理，只是没话找话。

“不知道呢。它们就那样。”阿拉坦卓拉说罢，抬头望那平稳飞翔的猎鹰。

那仁毕力格从她的话里寻不出任何意味，这话题也就没法儿再继续了。

"回去吧。阿爸阿妈快回来了。回去熬茶吧。"阿拉坦卓拉说罢慢慢起身。

屋子里还是那么井然有序，方才发生过的难于启齿的事儿，没留下一丝痕迹。

阿拉坦卓拉用眼角迅速瞥了一眼佛龛，点燃了油灯，又点了三炷香，跪坐着磕了三个头。看来我伤了人家姑娘的心，那仁毕力格不由得这么想。

之后，看来阿拉坦卓拉宽慰了很多，从牛粪篮里掏了牛粪摆在图拉嘎里生火，开始熬茶。

屋子里静悄悄的，这样的沉默持续一阵子后，阿拉坦卓拉忽然问："那你想什么时候离开这里？"

那仁毕力格还是没能接她的话。说实在的，那仁毕力格拍摄那些书籍的时候，就萌生了尽快离开这个地方的念头。所以他无法面对阿拉坦卓拉命中要害的问话。

一天很快就过去了，苍老的太阳，从西北的沙头慢慢隐去，用余晖给游云镶了金边，煞是美丽。黄昏来临。

大漠一片寂静。远处偶尔传来一两声牛叫声。

东边的沙丘泛着白光，月亮静悄悄地升起来了。毫无杂质的天空中，月亮总是显得这般美。难怪人们唱道："没有云彩的夜晚，月光比日光美，乌楞花儿[1] 的智慧比流

---

① 乌楞花儿，蒙古语，民歌里的女人名字。

水还清澈。”

临近睡觉的时候，那仁毕力格出去方便，朝阿拉坦卓拉的毡房看了一眼，没有灯光。他想，这个人睡得可真早啊，看来心里起了疙瘩了，怎么办呢？等她睡着了去抱抱她，会不会能安慰她一些呢？但他看到用乳白的光芒照耀着整个沙漠的十五的月亮，有了其他的念头。

进屋躺下来，那个要走的念头占据了他的整个心灵。走吧，这样像白天一样亮堂的夜晚不多。朝着南方，顺着偶尔见到驼粪的沙路走五六个小时，定会走出这个大漠。太阳升起，天热的时候找到一户人家填饱肚子，再走两个小时，就能到镇上。他这样想着，心里真敞亮。明天早晨醒来见我空空的被窝，可怜的阿拉坦卓拉会很伤心吧？可是，爱情应该是内心冲动引发的一场误会或短暂的心智昏迷，它慢慢会被遗忘，老去，发旧的。越是这样想，那仁毕力格想走的心越是坚定了。

唉，捡了一上午野菜，下午又忙着洗洗涮涮的两个老人，头一挨着枕头都打起了呼噜。

有了心理准备的那仁毕力格起来收拾了衣物和包悄悄走了出去。因为是夏日，毡房的门没关，所以他走出去也没出什么动静。他担心阿拉坦卓拉发现，所以自她的毡房反方向出去，到了拴驼桩跟前，才穿了衣服和鞋子。从柳条堆里找出一根结实一点的木棍，向西走了一百步之后向南走去。

十五的月亮，照得沙漠像白天一样。他熟悉的牧场、熟悉的沙坡清晰依然。啊，再见了，美丽的蒙古家乡！再见了，唱《森吉德玛》唱得动听的我的阿拉坦卓拉！脚步已插上回归之翅的那仁毕力格，带着一丝罗曼蒂克的口气这样细语着，乘着夜晚的凉风，踩着柔柔的细沙，像一匹归乡的马，向南奔去。我得到的这些书籍资料，是《蒙古秘史》吗？那一刻，我是怎么了？连辨认这个的能力都没了呢！不过，那又有什么关系？连人的汗毛都能拍得真切的相机是不会有问题的。只要带回去了，就是我的了。这么想着，他满怀信心。

一口气走了五六里地。驼粪黑乎乎地，延伸着。那仁毕力格望北斗。月色太亮，那颗星星显得暗淡，但在群星中还是最为明亮。没有认错方向。驼粪——路，也是没错的。

忽然听闻西边有狼嚎叫。妈呀，狼！那仁毕力格惊慌失措。不过，那只狼的声音感觉很远。东北方能听到狼“嗷——”地嚎叫。哎呀，不会有什么事吧？我怎么没想起来有狼呢？现在可怎么办？回去？那仁毕力格迟疑。之后，没了动静。还是走！我也没惹你们啊。我是一个要回家的蒙古人，他给自己打气，又开始前进，大步流星快走起来。

再没了声。又走了五六里地，都没声。

刚绕过一个高高的沙坡，走到其东面时，又听见左边“嗷——”一声狼嚎。这个声音很粗也很近。这个家伙在步步逼近吗？据说这个厉害的家伙夜里跟踪人呢。那么……这时又听见右边一声“嗷——”的狼嚎。天哪，那仁毕力格月光下清楚地看到有一个灰色的家伙正在尾随而来。他神志清醒了一下，高声喊了一声“歹得！”吓唬它。跟随他的狼听了他的喊声，停顿了一下脚步，还是紧跟而来。

这个时候，右边的沙坡上又出现了一只大灰狼。不是一只，而是两只！那仁毕力格起身快走。“不能让它知道你懦弱！”他想起了南斯拉吉老人的话。

跟在后面的狼，渐渐逼近。那仁毕力格又喊了一声“歹得！”，但是他的声音很弱。越发逼近时，他把柳条棍扔在其面前。那个家伙将那根柳条棍子咬得“吱吱”响。再逼近的时候，他又将装有牙刷梳子的洗漱盒子扔在它面前。又把书扔了过去。扔了书包。咬了咬，又逼近一步。最后将装在精致盒子里的相机也扔到了它跟前。又一阵“吱吱”，它咬得可真狠。……哎呀，这下完了。一切都完了。那仁毕力格又悔又怕，在它啃相机时跑到了一个沙丘上。这是那座哈查达巴沙丘。那个家伙要是跟了你，要到一个高坡上一动不动地坐着，除此之外没有什么好办法。

“你越是怕得手忙脚乱，它越会没头没脸地袭击你……”他想起了南斯拉吉老人的话。已经走投无路的那仁毕力格只好在那个沙丘上盘腿而坐不再动。那个家伙虽然依旧尾随而来，但却不再逼近，蹲在地上，脑袋朝着天“嗷——”地嚎叫起来，那声音阴森可怖。眼睛发着绿色的光。啊！原来狼是这样一个动物，那仁毕力格真是见识了。

又来一只狼，蹲坐在他面前。又一只，又一只……四面八方都有狼，蹲守起他。此时的那仁毕力格已经快要失去知觉了。他除了凶狠、寒冷的绿光，其他什么都看不见了……

正在这个时候，听见远方有歌声：

雄鹰的羽毛还剩下两片
苦难的地狱中唯有森吉德玛
如若我们还有轮回重生人间
唉呼，森吉德玛
祈祷五生五世与你结为夫妻不分离
唉呼，离情别意苦煞人
森吉德玛

那些狼，倏地向那方向望去。它们的眼里似乎闪烁了一道柔化的绿光。

此时，又闻远处传来：

飞鸟的羽毛还剩下两片
阎王爷的门槛唯有森吉德玛
如若我们还有轮回重生人间
唉呼，森吉德玛
祈祷与你再相逢结为夫妻不分离
唉呼，不堪命运苦煞人
森吉德玛

这个时候，那仁毕力格看到了一个令人惊讶的情形。狼们向着那歌声传来的方向转身卧下，那些绿光熄灭了，看来它们都闭上了眼睛。

这时听到歌声越来越近：

摆好枕头想入睡
种种梦境扰心怀
梦中惊醒找寻你
唉呼，森吉德玛
左顾右盼不见你，孤苦伶仃
唉呼，不堪命运苦煞人
森吉德玛

狼们各个站了起来。最初尾随那仁毕力格的那只狼嘴尖朝着天，以微弱的声音叫了一声“嗷——”，这一声像是叹息，它转身头也不回地拖着尾巴走了。其他的狼，连叫都没叫，就散了去。

知道自己又活命的那仁毕力格，不知此时有何颜面再见阿拉坦卓拉。

阿拉坦卓拉骑着骆驼，走到了他跟前。那仁毕力格似乎看到她的眼里放射出的是绿光，并且是凶狠的绿光！

阿拉坦卓拉让骆驼跪下，呵斥道：“赶紧坐到我后面来！”那一声充满了严厉与霸道。那仁毕力格没有说不的勇气，骑坐在她身后。

骆驼“咯噔”起身，那仁毕力格差点摔倒，慌得从阿拉坦卓拉腋下抱住她。她恨恨地甩掉他的手，磕着骆驼飞奔起来。被她甩了手的那仁毕力格再也不敢碰她的身子，背过手紧紧抓住了骆驼的后峰。迎面而来的风，传递着被他亲吻惯了的阿拉坦卓拉的气息。啊！我错了……

走了两个小时，走到了大漠的边缘。北面是缓缓的沙坡，南面是柴达木、芦苇荡以及泉水。阿拉坦卓拉忽然拎起他的左肩，将他一把扔下骆驼，那仁毕力格“啪”一声摔在地上。那个握力，根本不像是一个女子。他像是被骆驼踢了一脚一般浑身疼痛。这时又有东西从上面落了下来。

阿拉坦卓拉拽住骆驼，用两只脚磕了磕骆驼的肚皮。

骆驼一惊，顺着他们走来的路，又飞奔而去，不久便没了踪影。

哎呀，阿弥陀佛！不管怎样也挣脱了这只狼。那仁毕力格这么想着，捡起刚才落地的那些东西。原来是自己扔给狼，被狼咬得不成样子的包啊什么的。他好像听见阿拉坦卓拉咬牙切齿地说："带着你这些脏东西，赶紧从这里滚！"

月亮升到天空中央，遥远的大漠闪耀着乳白色的光芒，附近的泉水、柴达木以及草甸散发着湿漉漉的味道，像是一点都不知这一夜晚发生的故事，夏日依然葱茏迷人……

黑龙贵沙漠
深处

听说没人南北穿越过黑龙贵沙漠。这句话传说已久。

居住在黑龙贵沙漠深处的朝伦巴特尔老汉是将这句古老的传说传给晚辈的人之一，他在青春狂热时也曾怀想过穿越这片浩瀚的沙漠，却未能如愿，也耗尽了青春。“我也是，把大好的青春都荒废了。这下看看宝日呼吧。这孩子看上去身子板好，像是一个能当搏克的人。不过，而今真是，那达慕也少了，搏克也衰了，赛马也衰了，想摔跤也没啥摔跤的场合了。这一代人真可惜啊！”朝伦巴特尔说的宝日呼是他的儿子，比他老爹还身材魁梧，个子很高肩膀很宽。人们说男子汉乳头之间的距离越大力气越大，这话不知是真是假。这个宝日呼乳头间距足有一尺多，腰稍显细一些，估计不是因为腰细，而是胸宽。

乡里爱好搏克的人们看着宝日呼就赞叹不已：“啊，真是一个搏克的好苗子，手臂也长，动作敏捷。他爹当过搏克，但也没拿过冠军。像他这个样子，要是当搏克，可真是一个让我们家乡扬眉吐气的人呢，唉，可惜了！”

队里现在把这个身材魁梧、力大无比的小伙子安排在驼队，夏天放驼，冬季和春季牵着骆驼出去办事。然而，比别人有力气的人，到哪儿做什么都那么美好。跟他一起牵骆驼的纳木斯莱扎布说，啊，跟宝日呼一起跑长途运输可是美事！以前我们牵骆驼跑运输，半夜得起来装货，两个人跑到骆驼两边儿抬一个包上去，费劲巴拉都险些拉裤子。宝日呼这个家伙才不是，一手掖着一个包，玩似的。像是抱着枕头一般，根本不让我干。我也不敢接近，怕不小心被撞倒。前年从公社拉土豆，走到北边的荒漠里黄驼掌钉掉了，撑不住驮子躺在那里。我说，都扔在这儿吧，回去再牵一匹骆驼来拿走吧。他说，谁还老来回跑。说罢把一边儿的口袋架在骆驼上，一边儿的口袋自己扛上就走了。少说也有十五里地呢。两百多斤啊！宝日呼一个缺点就是费东西。什么东西到他手里都好不了几天。坏了，碎了，断了是常事。唯独他母亲南斯勒玛紧随着他，儿子拿起什么都不忘叮嘱一声，轻点慢点！家里的稀罕玩意儿，从不让宝日呼接近。总是先于他拿到手里，总是唠叨着说“哎呀，我，我来吧，你就别了”。他母亲也常跟他念叨：“扎[1]，孩子，你跟人开玩笑什么的，轻点儿，可别弄坏了人家，那可是惹麻烦的！你那个脾气也压着点！”

社会上舆论，这么个庞然大物估计找个老婆都难。谁愿意给这么个庞然大物缝衣做鞋，多么费事。缝衣做鞋也罢了，谁能扛得起这么一个庞然大物呢？这个汉子可是二百五十斤都不止呢。一般的马都扛不住他！据说有一天，牧马人阿尤日在井边饮马，给他炫耀他的枣红马，说：“我这匹马，别说是黑发的人，连苍蝇都没有驾驭过

① 扎，蒙古语，语气词。

它。要是有人能经得起我这匹马三个蹦跶，我就把我的枣骝马给他！”谁稀罕他的枣骝马呀？那匹马都九岁了，腰都平了，别说是骑它，就是走近它，它都会惊吓得要跳起来。宝日呼把来到水槽边的枣红马搂起来骑上去，像是叼一只羊一般。那匹马别说蹦跶三下，一下都没能。还说什么姑娘会喜欢他。年轻人啊，一说就是姑娘。然而喜欢宝日呼的姑娘可是多了去了。去年，他娶了一个叫萨仁琪琪格的姑娘，俩人还真是琴瑟相合，美满得很。

午饭后，朝伦巴特尔老人要出去放放牧，他喝着茶，忽然说：“你们安静一下，好像有什么东西在嗡嗡响！”他抬头从套脑[①]望了望，“也没云啊，不可能是打雷吧？”南斯勒玛也听了半天说：“最近在炸南山，是不是那个声音？”他们如此说着，却见包前路上出现了一个厉害的家伙。

原来是一辆车。从未见过的大车停在他家蒙古包门口，下来几个人，其中两个走过来，反开包门进了蒙古包。没有一句问候就坐在那里。坐上座的那位说了什么，老头儿老太太没明白。他儿子跟他们聊了半天跟他父亲说：“他们好像是萨梁队[②]的，说是北面那个沙漠旮旯里有个什么，他们是要去那边看看。需要雇一个卸货装货

---

① 套脑，蒙古语，蒙古包的天窗。
② 萨梁队，听错的发音，应为测量队。

的人。说是每天两百元，问我去不去。”他母亲说：“干吗去做那破差事！天气这么炎热，又是沙漠深处，快别去了！”老爷子听了说：“往那边去很远吗？都开着车的，热能怎么地，应该去看看，看看沙漠深处到底有什么？”明显有支持他的口气，又说：“要是去的话带上一袋子牛肉干，洗好羊皮袋子装上酸马奶。”

没有萨梁队的车到不了的地方。这话真的没错儿。顺着上上下下的沙沟，它走得比走马还快。宝日呼坐在卡车后厢，从驾驶室后窗往里看，见司机跟两个人坐在里面，坐在中间的老男人手里拿着一个铜质的小型盆状东西，其盖上刻了卷发女人头像，他给司机不断嘀咕着什么。宝日呼好奇，见那个老男人身边放了一个搪瓷热水瓶，时不时让车停下来拿出地图，又鼓捣半天那个热水瓶再赶路。哦，原来他是向导，那么那个盆状的是什么？那个热水瓶又是什么用处的东西？宝日呼想问问他身旁的两位，目光转向他们。见跟他一起坐在卡车后厢的俩人之中一位是三十多岁的女士，好像不习惯这车的颠簸，紧闭了双眼。另一位是二十多岁的瘦干巴小伙子，他整理自己草帽的系带，瞅都不瞅他一眼。

不知走了多少里地，太阳快下山了，他们也该停下来休息了。坐在驾驶室的另一个人恶狠狠地瞅了宝日呼一眼：“快把那个帐子卸下来，搭上！”三个小帐子很快就搭好了。那个凶眼儿又瞅了瞅宝日呼说："你跟这个老头儿一起住。"然后又用眼睛示意跟他过来。宝日呼跟着他走了一会儿，离队伍稍远一些后，凶眼儿止步："好了，你得知道，要跟你同住的那个老头儿是一个反动的专家，你不能听了他的话，必须要有正确认识！你的任务是监视那个老头儿。要是他夜里出去，你一定紧跟着！为什么跟着他呢？因为这个老头儿要搞破坏，还有一点，那个女的是他的助手。他俩有可能惹出作风问题！知道不？"宝日呼听了不由得想笑，心想，他有那么多问题，你带着他干吗？老头儿有能耐，给的人又愿意的话，你管那么多干吗？但他还是说："好，知道了！"

他们回到原地，那个老专家把手电筒挂在帐篷支柱上，微光下看着地图，用红蓝铅笔在上面画着圆圈和方框。看样子是一个很稳重的人，不像是那种搞破坏搞女人的。

第二天又走了一天到了要到的地儿，居然是一个破烂的遗址。宝日呼心生好奇，哦，真奇怪啊，这个无人的沙漠里以前还曾住过人家啊！不知他们吃什么喝什么？天哪，这地方还不小呢！这时那个凶眼儿变脸发横："干什么发愣呢？赶紧卸下帐子搭起来呀！"这时那个司机也嚷嚷起来："快点！快点！快累死了，你们一整天舒服地坐在车上，爷爷我一整天……"他们可真是一群不讲究的人！好好说话不行？怎么都像疯狗一样？宝日呼心里骂着，卸下帐子。我们支付了费用，就该是你干活，他们默契地达成了共识，都拿着各自的包，只等着帐篷搭起来。这些人可真够可以的。与其这样等着，要是搭个手，不是很快都能休息了吗？而且还是彼此监视、猜忌的一帮家伙啊！宝日呼有点厌恶，但还是把帐篷支了起来。

那个瘦小伙儿原来是他们的厨子，看起来要支起锅煮饭。因在野外，他显得有点手足无措。宝日呼走过去找来三块大石头，支起了锅，采了顺着墙根长的野杏干树枝、锦鸡儿枯枝点起火，帮他烧饭。

次日伊始，老头子和女人开始忙乎起来。女人握着一个花棒，老头子拿着一个望远镜一样的东西看了半天，再鼓捣那个貌似热水瓶的东西，最后在纸上写写画画。宝日呼没事可做，走到他们跟前，一老一少俩人在那里干得满头大汗。又从一个圆形盒子里拽出绳子，像是量着那块地儿的大小，放一个记号，再拉着绳子走来走去。看来是他能做的事儿，便走过去帮忙。那个女人第一次露出笑脸，说了一声谢谢。“你们量这个破地儿干吗？”“哎，这是我们的工作，我俩是考古专业的，这是一座古城，我们想知道这座古城曾是多大的面积！”老头儿说。“哦，原来你们是干这个的！那你们是怎么发现这里遗址的？”“嗨，不是我们发现的，是外国人发现了，所以我们过来做初步调查。”“那你们在这里住几天？那三个人过来帮你们快点弄完了不就可以快点回去？”女人听了说：“哎，他们不会，他们是我们的领导。”宝日呼问：“那我帮你们行吗？”女人笑得很灿烂：“那最好了。明天我们找一块地，做一个小小的挖掘。我俩确实有点费劲，你要是能帮忙……”

第二天，宝日呼拿着铁锹跟着他们。那个凶眼儿跟着去转了两圈儿：“我同意这个老蒙古帮你俩！你们仨一定要干得万无一失。早点完成任务，我们也可以早点回去吧？这鬼天气，这么热，快要干死我们了！”他骂骂咧咧地走了。宝日呼望着他的背影：“你们领导真是火气不小，连老天都敢骂啊！”只见俩人惊慌失措，女人将白皙的手指放在嘴边说：“对！”

老头儿、女人俩人拿着一个带着圈的斜杆儿东西，走来走去。要是挖，还不趁天热之前挖。天热了可不好干了。宝日呼想着，跟着他们转悠。不知什么不对头，他们就是不开始挖。三个人转了一天还是没挖就回来了。

次日转了整整一天，到了晚上才决定挖，宝日呼终于可以帮上忙了。“小伙子，慢点，铁锹触到什么，不能使劲扳！要停止！”他俩都那么说。相比那个凶眼儿，他们的话音里带着祈求语气。谁知道这地底下有没有什么东西，真是没见河流就脱靴子，没见大山就卷起袍摆……那个想挖到腰身高的老头儿打断宝日呼的思绪：“行，你先出来吧，休息一会儿吧，休息一会儿，现在让小刘进去看看！”宝日呼上坑时想，哦，这个女专家姓刘。

刘专家下坑时拿的不是铁锹，而是像个小铲子一样的工具。她用那个小铲子，挖起土放进铁簸箕里，送上坑。真是不会干活儿，这么挖什么时候见底儿？宝日呼没法儿理解。刘专家忽然说：“哦，发现一个东西！”老头儿也紧张了：“你轻点，轻点！”说着递给她一个白马鬃做的毛刷。宝日呼一看，像是马嘴骨头一样的东西在支棱着。他们发现了一个骨头。就算是发现了什么，看来这个老头儿也有毛病。算了，不说了，赶紧找到一个什么，然后尽早离开这个地方吧。再不回去是不行的。这样炎热的天气，骆驼说不准都生虫子了。萨仁琪琪格在几类畜群中一定忙不过来……说着骆驼，忽然想老婆了，又不由瞟了一眼人家刘专家。刘专家比起萨仁琪琪格，身材窈窕，皮肤柔嫩，白净得真是不能拿刚才油乎乎的手去碰她。

“哎呀，还有两样铜质器皿！”刘专家惊叫，老头儿更兴奋了，从未有过的笑展现在他脸上：“小心点，小心点！好好清理一下，清理一下！”之后准备起了相机。

用毛刷刷了刷，发现器皿不只两件，而是好几件。老头儿自己下坑拍了拍照。反复拍了好多次之后，将它们从原地捡起装进白色布袋子，算是完工了。老头儿和刘专家表现出从未有过的愉悦。“对了，留个影纪念一下吧。”

老头儿站在坑口，刘专家给他拍照，然后刘专家站在坑口，老头儿给拍了拍照。然后老头儿跟刘专家站在一起，让宝日呼拍，宝日呼很紧张，不知该怎么办。“没事，没事！就这么握着按这个按钮就行！”宝日呼忽然想起母亲的话，想说“我怕摔坏您的东西”，但还是像接住一颗鸡蛋一样接住了相机，小心翼翼地按了按。刘专家看他的动作笑了：“好了，这回给你照！你站在这儿！”老头儿也说：“对，对，给小宝也拍一下，小宝也是这次勘探队的一员。你俩先照一个，然后我也跟他拍一个，之后咱仨一块儿来一张！好了，你俩赶紧站在这个坑口！”宝日呼跟人家女专家拍照有点不好意思，支支吾吾着，刘专家好像明白了他的心思，笑了笑：“好了，咱俩照一张，有什么呀？”说着便挨过来，像城里人那样挽住了他的胳膊。宝日呼的心怦怦直跳，为了不让人家发觉，他轻轻放开刘专家的手：“怎能在坑口拍照？不吉利！到那边去拍吧。”说着走过去。不知是不是心理在作怪，被刘专家挽过的胳膊感觉有一些异样，好像变得沉沉的。

三个人坐着休息了一会儿。老头儿指着地上的袋子什么的说：“小宝，今天我们可是捡到好东西了！你知道这些是什么，了不得啊……”宝日呼说：“哇，那样的东西沙漠里有的是。尤其春季一阵风吹过后，沙坡上转悠，经常看到各种各样的东西。你们刚才拿到的，有一样好像是马鞍上的钉扣，还有一个像是鞒铁。那个有窟窿的像是子弹头壳！我们小时候经常玩的东西。”老头儿眼睛都亮了，“你怎么知道的？你说的都对，那个叫匏箭！以前你们蒙古人用的。那是两千年前啊！”宝日呼听着目瞪口呆了。“两千年前？那么那个枯马头也是那个时候的东西？”“是啊是啊。据我初步考察，这座城的遗址是你们蒙古人冒顿单于时代的城，马头和马具都在一起，说明当时这里有过一场严峻的战役，然后这座城就被毁了。这只是我初步推测。真正大规模挖掘这个遗址的时候，会发现比这些还要令人惊奇的伟大的历史物件。那可是你们蒙古人的历史啊。你们蒙古人在历史上可真是太厉害了。”老头儿笑着。

有了一点儿事干，大家都开心。不过每个人的喜悦有所不同。老专家、女学者的喜悦是有这么巨大的发现，而这个发现是他们的。关于匈奴，如此巨大的发现以前不曾有过，这是大喜事，老专家十分满足。对女学者而言更是大喜事，对于这个年纪的女子来说，这是难得的机会。她现在凭借这些东西的记录就可以在世界上有话语权了。下次挖掘时即便老师来不了，我一定能再来参与。那个时候，我是有话语权的！向世界说话的人，不是一个普通研究人员，而是真正的专家了！凶眼儿也有自己的喜悦。如果这个真是一项巨大发现，那么，我是领导这个发现的人！这样一来，我就不只是一个委员会主任了吧？就算不给我一个院长职务，也得给我一个副院长职务吧？司机和厨子想着自己每天可能有多少补贴，也各自欣喜着。宝日呼呢，行了行了，嗡嘛呢叭咪吽！一件事快了结啦！家里那几峰骆驼还没生虫子之前得赶紧回家！总之，他沉浸在完成一件事的喜悦之中。

第二天，大家要出发，结果那辆笨重的卡车点不着了。凶眼儿用怀疑的眼神看了一眼老专家。他的目光里写着“肯定是这个家伙捣的鬼！”他跟司机说：“为什么点不着火儿？快检查！”司机对油路、电什么的都做了检查。都没问题。那应该能点着啊。再检查。检查了半天才确认活塞粘上气缸了。“是不是有人搞破坏？”凶眼儿问司机。刘专家听出凶眼儿话里有话，说：“出现这个情况的原因有两个，一是机油没了，二是在这个沙漠里走得太久冷丁停车引起的。”司机低着头看了刘专家一眼，他还担心被指责此事与自己有关来着，就说：“也不是机油没了，机油满着呢，就是天太热，气缸热过度了！”他把所有的罪过都踢给了天地。刘专家心想，那你怎么不停车后稍缓再熄火？这下可怎么办？换新气缸和活塞还不得一天？说不好还得两天。这时凶眼儿说：“那你瞪眼儿站在那里干吗？还不快修理？”那个平时趾高气扬的司机耷拉着脑袋说：“没法儿修了，只能拿到维修部去换！”凶眼儿这下可火了：“这沙漠里哪儿有维修部？你自己得换啊！”司机脑袋更加耷拉下来：“没带多余的气缸和活塞。”听罢这句，老专家和刘专家想到了死亡这个字眼。说实话，那个司机在他俩之前就想到了死亡，所以耷拉了脑袋。

直到这会儿还没想到过死亡的人，是凶眼儿、厨子和宝日呼仨。不过，司机说了吞吞吐吐的缘由之后，凶眼儿和厨子也想到了死亡。宝日呼还是没有自己要死的感觉。唉，看起来不是很结实的东西吗？那个什么缸原来像泥巴一样不结实啊！那就这玩意儿真没用。以为坐上它，再有一天半就可以到家了呢？现在只好靠两条腿了。只能夜间赶路。要是白天赶路，在这炎热的沙漠中会变成肉干儿的！他说：“那，这个帐篷白卸了，还得搭上吧？”凶眼儿听了说：“你想干吗？搭帐子干什么？”宝日呼说：“你们不是说车子坏了吗？这么热，没帐篷怎么行？”凶眼儿说：“你想一辈子住这儿啊？”宝日呼说：“走也得等到天黑了再走吧？这么热，你往哪儿走？还走不到前面那个沙坨下就变成肉干儿了？”凶眼儿：“走？走哪儿？往哪儿走？你知不知道要死了？！”宝日呼眼神充满了好奇：“死？无缘无故的，我为什么要死？”这话让凶眼儿以及其他人都开始眼睛一亮。老专家鼓起勇气问：“小宝，这里离你家有多远？你知道吗？”宝日呼想了想：“你们这个车子，比起走马稍微快一点。那就不超过三百六七十里地！”凶眼儿：“三百六七十里地？你怎么知道的？”宝日呼：“怎么知道的？估计的呀！”凶眼儿：“那你能找到家吗？”宝日呼有点不高兴了：“这叫什么话？我找不到家，你以为我是傻子？咱们来的车印儿……”说一半儿就摸起额头：“哦，对了，前天刮了一次大风，昨天也有风，车印是肯定没了。你们来的时候不是径直走过来的吗？现在走的时候怎么就不能径直走出去了？”凶眼儿眼角瞟了一眼老专家，不言声了。

凶眼儿沉思了一番看着老头儿和女人说：“你们先到一边儿去！我们开个会！”还开啥会啊你，听你指示我们只有死路一条。老头儿拿起那个测量经纬度的工具（就是宝日呼说的热水瓶）和指南针、地图领着刘专家到了那个挖坑的地儿。他说：“现在到了接受考验的时候啦。这个考验可不是平常考验。是生死考验！这是什么世道？考古研究院革委会主任居然是一个工人。这个工人要来这么艰险的地方，居然带的是一个钻井队的破车。什么安全保障也没有的车。现在怎样呢？开进沙漠就熄火了。死到临头的这些人，一个比一个没经验，还说要开会讨论！那个傻子还在说找不到自己的家是一个傻子！你看着吧，要是跟着他，谁也走不出这个沙漠！你我都会融进这个大沙漠！”刘专家听了说：“不过，老师你现在可不能说这个话，现在怎么也得想办法，顺着他们，让他们信我们的话才是重要的！”老专家：“你看，他们才不会听我们的话！肯定怕我，怀疑我给他们指错路。没本事吧，心眼儿还都够坏的。现在最好的办法是，咱俩趁这个机会测量一下这里离沙漠边缘的人家有多远，先把方向定下来！”说着拿出了地图。测出沙漠边上的宝日呼家离这里有一百八十五公里时，老专家惊讶了：“咦，这个小伙子有本事，他说三百六七十里地可真是说的没错啊！那，接着测一下方向吧！”老头儿又说：“那个小伙子说的对啊，这个沙漠里，白天是不能赶路的，夜间赶路是对的！”接着又说，“说是夜间赶路，夜间赶路的危险是迷失方向。不过这个指南针可以用得上！但也没办法点着灯看着它走。白天的话，可以看准一个沙丘走，指南针也看得清。”他声音低了下来，“要是他们不听我们的话，那咱俩就得想办法离开他们！”

果然没出老专家所料。凶眼儿坚决反对按老专家说的方向走。“我们不能在路线问题上出差错！你们以为那个专家学者是好人吗？他们坚持资本主义立场，时刻想着对我们打击报复。这个老头儿跟我们敌对，据说曾有两次要自杀！所以要是听了他的话，这个家伙会故意指错方向，让我们在这个沙漠迷路的。”他这番话，其他两个人不知有没有相信，宝日呼是绝对不信的。“喂，有这样的人吗？虫子也会知道怎么逃命！有那样跟自己生命过不去的人吗？你们要是那么怕，那你们跟着我！我是能找到自己家的！从我家再怎么走，你们自己看着办，那个我是不管的！”那仨人说：“到了你们家，我们怎么走也不用你管。”宝日呼说：“行，现在开始休息，都休息吧！睡个好觉，落日时出发吧！”他搭了帐子，自己进一个帐子就睡了。他也不管他们有没有听进去他的话，该睡就睡。这又是一个随心所欲的家伙，死亡临近了，还能睡得进去。人没啥想法，也就简单了吧。别说老专家，其他人都如是想。其他五个人都没睡得下。走是要走的，还得带好吃的喝的，他们都想到一起了。于是开始讨论食物怎么个带法。“水，是各自装满自己的水瓶吧。”凶眼儿说。司机说：“那个破水瓶能装多少水？一天都不够！我有一个三十公斤的油桶，拿那个装满！”“就算装了，谁背？”厨子说。司机：“我们不是雇了一个专门装卸的工人吗？拿了人家的钱，就得干人家的活儿吧？”“那也倒是对！就算让他背水，吃的怎么办？带着生的粮食，这个沙漠里可没办法煮熟啊！”厨子又说。那就把熟食和罐装食品全部带上吧。于是他们开始清点点心、馒头、罐装食品。还剩下四十一块红糖点心、三十八个馒头，罐装食品有十五个。“哎呀，这些吃的可能不够啊！”听司机这么一说，凶眼儿说：“这样吧，点心和馒头七十九个，每人分十三个还剩一个，罐装食品有十五个，二六一十二，还剩三个，咱们仨一人一个！”厨子说：“那怎么行？给他们仨每人十个馒头和点心吧，那样还剩四十九个，四十九除三还剩一个，那一个给你吧！罐装食品，不用给他们。咱们仨每人五个！”那两个频频点头：“那就这样吧！你得好好分！分的时候可别让他们看到。”

在生命的紧要关头，人的本性露了出来，谁都想从这个可怕的沙漠里提着一条性命出去的时候，这三个人居然做出了这样的事。要不是他们不熟悉这地儿，不知道方向，有点能力的那个人或独自，或二人合伙，或三人合伙，会在这个茫茫沙漠之中撇下没本事的那一个，卷起所有东西逃命的吧。

等到了下午的时候，厨子煮了饭。凶眼儿想给宝日呼交代背水的任务，走进他的帐子，宝日呼还满不在意地在睡。“嗨，你得起来！吃了饭得出发了！还有……现在这个水……背水的任务就是你的了。因为你是我们雇用的装卸工……所以……”宝日呼说：“好，知道啦，知道啦！你直接说让我背水不就行了？说那么多干什么？”

好好吃了一顿，大家要出发了。宝日呼看了他们一眼说：“你们怎么也得拿一个帐子呢吧？白天想在哪儿躲阳光啊？”他们才想到这个问题，面面相觑。凶眼儿脸色好看了一点，说：“说的对是对的，可是谁背呢？”宝日呼：“你们三个男人一人背一个支柱，我背这个帐布！”司机脸色不好看地说：“你怎么不让那两个背？”宝日呼说：“他俩能把自己背出去就不错了！”回头再看，见老专家背上用绳子串的枯马头骨，刘专家拿起了那个热水瓶。宝日呼去提了提女人手里的热水瓶，看来足足有三十斤。“这个扔了吧！还有那个枯马头骨也赶紧扔了！快扔！这个沙漠里，没人来拿！”听宝日呼一说，刘专家说：“枯马头骨嘛，是可以不要的，扔了吧！不过，这个是不能扔的，这个会派上用场！”司机向厨子使眼色，厨子说：“我可不背帐子的支柱。我的任务是做饭。我已经给你们做饭吃了！”听罢宝日呼就来气了，“我可终于知道你们怕死的原因了。你们要是这样像装进袋子里的羊犄角，互相顶下去，真是会死掉的！”他选了一个轻一些的帐子，三根柱子连布卷起来用绳子捆住了。又走到遗址墙根的榆树旁，掰下两根拇指粗的树枝，去掉枝丫截成一米多的手杖，给了老头儿和女专家。他那个眼神，仿佛在说，你一个专家，不知道找个手杖助力？一见此状那三人也如梦方醒，赶紧都跑向那棵树。

在这工夫那个老头儿接近宝日呼：“我不是不相信你！你在沙地上画一下你家的方向！我用指南针比较一下！”宝日呼蹲下来朝他家的方向画了一个箭头。老专家拿出指南针看了看，脸上露出了微笑：“哎呀，你是有方向感的人啊！一模一样呢！”宝日呼见他那个表情感觉很可笑。

夏日滚烫的太阳掠过西边沙丘，铜锣似的红色圆形东西渐渐落下。天空中薄薄的云片周围镶上了金边，像是在目送即将远行的人们。不过怕死的几个人根本没心思欣赏这美景。

虽然太阳西沉，但沙地上的热气还没消散，脚底下烫烫的。“宝鲁呼（宝日呼）你可不能迷失了方向！”那个凶眼儿不断唠叨。宝日呼说：“知道，知道！”那个老专家虽然什么都没说，但偶尔有手电筒光闪动时，他知道老专家在看他的指南针。看来，他们哪个都不信任别人！我给你们背所有的行囊，还让你们怀疑！我成了什么?！我是为了当初要帮你们装卸的承诺，才跟你们在一起走。不然，我有一皮袋子马奶，还有风干肉，走个三夜就到家了！但不能那样吧，要是那样，人们会议论哪儿哪儿谁的儿子那个叫谁谁的，跟着人家萨梁队进了沙漠，看人家车坏了，就把几个人扔在沙漠里，自己跑回来了！那样一来，家乡的脸面何在？安葬在地下的祖辈们的尸骨会不安！父亲会因此没面子，我自己也会名声受损。然而，这几个人怎么不能信任我一下呢？他们这样愣头巴脑的样儿，只顾自己的自私劲儿说不准真让他们找阎王呢。那么，现在该怎么办呢？宝日呼边走边想。赶路的人，不能想太多！想多了就容易迷失方向！他想起放骆驼的老人纳木斯莱扎布的话，朝天看了看，看到了北斗星，又看到猎户星，哦，已经到了人们入眠的时刻了！风，吹自东南，我的家刚好在这个风的方向！想起家，他忽然闻到了烧艾蒿的味儿。那些蚊虫叮咬已卧下的羊时，母亲会把编制晒干的艾蒿熏在火上，放在羊群上风处。他想着乐了，你这是闻到了哪儿的艾蒿烟？或者说，这个附近有人家？这个大沙漠里能有什么人家？可是刚才明明闻到了熏艾蒿的味儿啊？！不过现在怎么又闻不到了呢？是幻觉？他朝着那个来自艾蒿味儿的方向走去。

熏艾蒿的味道再一次袭来，又瞬间消失了。宝日呼知道，这不是幻觉，是真实的。真的闻到了，却那么短暂。奇怪啊！原来艾蒿烟，这么神奇！就算是顺风，也有几百里地啊！

不像宝日呼所设想，这些人一夜间是走不了七八十里地的。宝日呼背着一桶水、一个帐篷，还有自己的酸马奶和肉干儿，怎么也有一百多斤。但他们还是跟不上他的步伐。说："哎，等等！鞋里进沙子走不动！"或者"哎呀，你走慢点儿啊，方向对不对啊？"这样会影响赶路的进程。老专家和女专家也是时不时落下来，一定又看那个指南针了吧！真是的，看头顶上北斗星啊！满天都是指南针啊！宝日呼面对他们的话头也没回，语气硬硬地说："你们不会把那破鞋子脱掉啊？这沙漠里又没有刺儿！"宝日呼知道夜里赶路要是多次转身就很容易迷路。不能多想，也不能老回头，只朝着一个方向走的话，夜晚也是有一个方向的！这也是放骆驼的老人纳木斯莱扎布的教诲。

走了一夜，太阳升起后要安营扎寨。也就走了五十里地吧。也就那样！要是这么走，七天也走不到头！宝日呼卸下背上的帐篷搭起来。凶眼儿、司机、厨子仨没头没脸地钻进去躺下了，嘴里还嚷嚷："快拿水来！快渴死了！"

凶眼儿、司机、厨子仨真是让宝日呼气坏了。吃吃喝喝完了，他们占了帐子大半部分地儿呼呼睡了。让你们背帐子，你们不是都不肯吗？现在却占了大半部分地儿睡上了！宝日呼想着看了看那二位。估计他们也是这么想的，女人皱起了眉头，从包里拿出伞，师徒俩坐在伞下。宝日呼没有遮阳地。不过，宝日呼是不会没了办法的。他找一个沙地，挖了一尺多深，四面支起他们几个拿的手杖，上面搭自己的长衫，就出了一个阴凉地。他走到师徒二人跟前："你俩去我搭的那个阴凉地儿休息！"老专家来了，女专家却没来，说："你俩躺着吧，我在这儿就行。"也是啊，一个女人怎么好意思跟两个大男人躺在一块儿？

老专家随身携带的温度计测到这寸草不生的大漠气温已经到了三十六七摄氏度，他又拿出经纬测量仪，量出走到这儿，他们走了二十六公里。不对，这个牧民小伙子有一个法宝。他有着能准确无误地确认方向的智慧。不过，说他智慧吧，有些事上还是很愚钝的。不然，如今到了生死关头，每个人都想着如何逃离这灾难，怎么提着一条性命走出这沙漠。这小伙子怎么不想这些呢？让他背水他就背，没人背帐篷，他又自愿背了起来。那些家伙为了减轻负担喝光自己携带的水，他怎么就不知道呢？不行，我得说说这小伙子！转身一看，宝日呼却早就睡着了。

第二夜，才走了四十多里地。凶眼儿、司机、厨子仨脸上看不出什么，老专家和女人脸色明显苍白了，女人走路一看就很吃力了。要是不行，他俩肯定出状况。现在可怎么办呢？不能再走了，得休息！宝日呼卸下行李搭帐子的时候说："今天你们必须让老人和妇女睡在帐子里！你们几个有点过分，我们蒙古族有一个谚语，在家时是爹娘的孩子，出了门就是一个爹娘的孩子。在这种时候你们得照顾老人，也得怜悯做母亲的人！"司机听了这话不高兴了："你这个雇工还想教育我们？我们要是不听你的话那又怎样？"宝日呼冷笑一声说："不听会怎样？要不你试试看？那你得自己背水背帐篷。我是不想违背自己的承诺，才给你们干这些！"司机："你说什么？你这个臭牛，你以为你是谁？"说罢想动手，被凶眼儿和厨子劝住了。宝日呼说："你俩别拦着他，放开！我得教训教训他！"司机知道这话意味着什么，收敛了自己。厨子也知道这样下去就没人给他们背水背帐篷了："行了行了，挤在一个帐篷里能咋地，咱们又不是在家里！”

疲惫不堪的女人用满是谢意的眼神看了宝日呼一眼，进帐挨着帐篷角落躺下了。那仨人一点不含糊地钻进帐篷一躺，老人家又没地儿睡了。宝日呼皱起眉头只好再去拿衣衫搭出阴凉地。老头儿说：“我昨天测了一下，你的衣衫下，比那个帐篷要低五摄氏度。我想，这跟你把晒烫的沙子都挖出去有关！”宝日呼点头说：“是那样的，叔叔，您现在把该测量的再测量一遍，然后把那个热水瓶扔了吧！你俩带着这个是出不了这个沙漠的！要想活着走出去啊！”老头儿有点踟蹰：“这个东西对我们有用啊，有这个，我们才能测出你我目前在什么位置，离目的地还有多远。即便迷路了也能拿这个做地标找到方向的呀！”宝日呼说：“那这两天您觉得迷失方向了吗？”老头儿：“这两天是没迷失方向，可是……”宝日呼说：“以后也不会！请您放心，请相信我！我是一个放驼的！放驼的人都是夜里赶路的。再说，这两天我有一种奇异的感觉。当我想辨认方向的时候，能闻到阿妈熏蚊虫的艾蒿烟。”老专家听了他的话有点好奇，他觉得这个小伙子在给他讲述传说。见老人疑虑的眼神，宝日呼说：“真的啊！我从不说谎的。还有……”话说了一半不说了。宝日呼昨晚闻到了只有他妻子身上才有的那种混合着牛奶香味的女人味儿。他差点说了出去。“哎呀，真要扔？这可是德国产的。我们国家没几个的。”宝日呼说：“再重要也没生命重要吧，要是舍不得扔，我把它立在那个沙头上，到了冬天我骑着骆驼来给您带回去！”老头儿想了想答应了。他做完测量再问宝日呼，“你说说，现在你的家在哪个方向？”宝日呼给他画了一个箭头。老头儿又问：“离这里有多远？”宝日呼想了想说：“不是还有二百八十里地吗？”老头儿的眼神充满了惊讶，随之点了点头。

那天夜里老专家和女人把那个热水瓶扔了，但没走三十里地，女人已经走不动了，她眼眶里满是泪水，瘫坐在地上。见她哭了，宝日呼说：“稍微休息一下，休息一下吧，把你那些行李给我！”就把女人肩上的背包、伞、水瓶都揽了过来。看这一情景，司机把自己的包什么的也都挂在宝日呼带的帐篷支柱上：“我也走不动了！”那个厨子也效仿着把随身携带的东西如是挂上去。哎呀呀，这两个家伙又不把人当人看啊！你们要是再这样下去可真是死路一条了！等等，看看怎么办，他们看来真不是东西！不知好坏。恶人抬头如同毒蛇，看来这话不假。我得想想办法，再等等，找一个节骨眼儿得收拾收拾他们。那个时候被割了耳朵的狗对主人就忠实了。要是想把他们活生生地带出沙漠，看来就得那样，想好了之后，他不露声色地向前走。

那天，老专家想了很多，他跟宝日呼坐在一起，从包里拿出一本有筷子那么厚的笔记本，给了宝日呼："小伙子，这几个人里只有你能活着走出这个沙漠，今夜你撇下这些人自己逃命去吧，走吧！不然你也跟着一块儿死！这是这次勘探遗址的记录！"又把那几样铜器拿出来："你要好好保存这些，现在不能给任何人！时局总会好转的。那时会有人来找这些的，那时你交给他们就行！不过也得小心，也许一些闲杂人员来敲诈你！绝对不能给！你看看他们的证件，要是有这样的证件，你就可以交给他们！"他从怀里拿出一个证件给宝日呼看了看。宝日呼说："哎呀，叔叔，您放宽心吧！只要我在，我绝对不会让你们任何一人死在这里！人是活的，我们不是一直在往前走吗？死，可不是那么容易的事！"

等到第四天启程时，宝日呼整理帐篷和水桶，忽然脸色阴沉下来："谁动了这个水？喝得快没了！你们仨这么喝不要紧，喝光了你们就喝自己的尿吧！"他等着那个司机发横。结果错了，他们谁都没吱声。

大家出发了。与其说是走，还不如说是在爬。走了半夜，都没走十五里地。负荷累累的宝日呼快走几步，走到沙坡上歇了一会儿。听得见落在后面的人们说话的声音，忽然听见女人喊："你们还有点人性没有？啊，不行！快把我的包还给我！"怎么了这是？宝日呼想不明白，见那三个人影影绰绰走过来。宝日呼问："他俩呢？"那个凶眼儿："他们在后面，不用等，走吧！"宝日呼明白怎么回事了："不等怎么行？等着一起走，不然他们该迷路了！"凶眼儿说："他俩已经走不动了！这下撇开得了！撇开！"宝日呼："撇开？这叫什么话？畜生春天活不过去了还要找草根喂养，用瓶子灌水想方设法要救活它们的！你们忍心把活生生的人撇下？再怎么着他们也是人啊！"司机又要横了："去你爷爷的！关你什么事！你是谁啊你！你是傻子？你就不想活着？最起码省水吧?！你要是真愿意你去背你那个娘去！"宝日呼忽地起来："背就背，你们仨等着！咱们回头再说！"往回走。

宝日呼走到他俩跟前。他俩蜷坐在一起，女人在哭。老专家长叹一口气说："我们俩肯定熬不过去了！你怎么不听我的话呢？我让你自己走，走！现在走吧，也不晚！他们把我的包和吃的都抢走了！你听我的话，我已经求你了！不能把那个材料给他们！那个姓徐的（原来凶眼儿姓徐）会趁此机会加俸进禄的！孩子啊，我求求你，你快点自己走！我不是早就给你说了吗！这个遗址上会出现你们蒙古人未书写过的历史。我求求你，孩子，你赶紧自己走！"宝日呼猛地背起女人，拉着老人的手："走，我也跟您说过，人是活的，我有把你俩带出沙漠的办法！"

回到原处，见他们仨在等着。宝日呼放下女人，从老人手里拿起手杖，走到凶眼儿跟前，把他拽起来："是你抢了他俩的包吗？你是畜生吗？”说罢用榆树棍子使劲抽打他的大腿。“哎哟，这是干什么呀！你！”凶眼儿尖叫。“干什么？我在干吗，你说！”凶眼儿忍不住地说：“哎哟，别打了，求求你！”宝日呼又抽了几棍子：“你不说说我在干什么吗？你说说！”凶眼儿喊：“在打我，打，打我！”宝日呼：“对了，你知道了！接着该你了！”倏地抓住了司机，司机想摆脱，想松开手：“你这是干吗呀！我怎么着你了？”宝日呼什么也不说，抽了几棍子：“你怎么了你自己说！”受不了这般抽打的他：“我说，我说，我抢了他俩的吃的。余主任说他们俩用不着吃的了！”宝日呼放下司机，再找厨子。厨子跑掉了。“逃吧，我就是想让你跑掉的，以你们的话来讲，不是很省水吗？你们俩也逃吧！”那俩知道跑了会是什么下场，乖乖地不动。宝日呼更加生气地抽打他们：“跑吧，你们逃不逃？快逃！”那两个受不住挨打真的逃跑了。

宝日呼回来时老专家说：“孩子啊，你可把事做尽了，他们是不能打的呀！”宝日呼：“嗨，一点事儿都没有，您放心吧！我明白您的意思。我有办法治他们。汉人不是有一句话吗？敬酒不吃吃罚酒。蒙古人也有一个俗语，对不听话的人需要牛鞭子。驴这个东西，有鞭子就顺溜了！他们现在知道离开我们就活不了啦。不知好歹的东西，越是给脸越不要脸！抽几下就老实了，您看着吧。很快就像奴才一样回来。”

没出宝日呼所料。没到煮茶的工夫，两个黑影抽抽巴巴地回来了。宝日呼见他们说：“你们回来干吗？叛徒！有本事就彻底滚吧！回来干啥？”对方不出声。“我们要赶路了！谁要是有本事，谁就提着一条性命走出这个沙漠！谁要是没本事，谁就死在这个沙漠里吧！生死关头生命都是平等的。你们仨赶紧给我滚吧！不许跟着我们！是你们先开始掠夺别人的，我们现在也要学一学你们！你们还想要吃的喝的？门儿都没有！快滚！”那两个啪地跪在地上哭丧着说：“您可别这样！”“不行？只有这样我们仨才能活着走出这个沙漠！”宝日呼厉声说道。这时，不知那个厨子从哪儿冒出来的，也过来跪在那两个人身边：“不是我的错！是他俩，他俩合计着撇下余老头儿（原来老专家姓余）和他的助手，抢他们的食物和这次勘探的记录，要让您给我们背东西带路的！”宝日呼一把揪住他，用刚才的棍子狠狠抽了几下：“我本来不想打你的！看你这样见风使舵，废话连篇，我得多抽你几下！”厨子受不了哭着求饶。“我是把该说的话都说了！你们仨现在就给我滚吧！”宝日呼举起棍子，他们仨却没跑，反过来跪着说饶命饶命。

说实在的，宝日呼也没想让他们仨死在这个沙漠里。不过不对他们狠一些，顺着他们的话，他们就要各种花招，只想着自己逃命。现在好了，想让他们向左，他们就不敢向右了。宝日呼终于如愿了。他拆开自己的行李，在帐篷的两根支柱上用绳子编制了担架，上面铺了帐篷布，水桶放在担架的一头，对老专家说："你躺上去！"老头儿有点犹豫，宝日呼："上！让你上去躺着你就躺！你想死吗你！"他的语气很硬。老专家乖乖地躺了上去。"你们仨要是想活着出去，抬这个担架！一人抬一角！"那仨人二话没说跑过来各就各位。宝日呼背起女专家，自己到担架的一角："好了，一起抬起来！"四人抬起担架开始启程了。

人这个东西啊，真是享不了福。让宝日呼抽了一番，抬担架的，被抬的几个人心都顺了。心顺了的人们仿佛看到了从这个沙漠活着走出去的希望。

如今乖乖听宝日呼话的几个人，宝日呼走得多快他们也能走多快，余下的路也越来越短了。虽然他们仨受不了他走路如此之快，大汗淋漓，但他们谁也不敢吱声。他们知道吱声就没好事。宝日呼也浑身是汗。无可非议。宝日呼再是力大无比，他却背着自己的干粮背着一个人。女专家再瘦弱，也得有一百斤吧。虽说背活人稍感轻一些，但是活人身体在发热，阴阳两性身体的接触更让人难受。女专家打开水杯，送到宝日呼嘴边，宝日呼说："稍等，再走一会儿，大家都休息喝点水。"

老头儿让人抬着，纹丝不动。他知道他动了就加重抬架子人的负担。但是，心无法不动。他从心底敬佩宝日呼。啊，奇怪啊！还有这样的人呢！起初见他，我还觉得是一个笨家伙，是不是心智有问题。现在别说他心智了，这个人身上有着一股别人身上都不可能有的东西！科学家早就发现鸽子和蜜蜂身上有一种辨别方向的功能。也有俗话说“老马识途”，看来马也能辨别方向。但是那些动物白天能辨别方向，夜晚到底怎样，就没有文献记录。这个宝日呼夜里也认得路，方向感太强了！像指南针一样。说是能闻到他母亲烧的艾蒿味儿，这应该是假话，可能是为了证明他自己的方向感。不过，以这个小伙子的教养和性格，也不像是说谎的人！说实在的，几百里地外的艾蒿味儿怎么也不可能被他闻到。是幻觉？或者是……或者是什么呢？他说想辨认方向时就能闻得到。或者他有一种特异功能，这个功能复苏时像电波一样跟他的家园、母亲连接起来？这兴许是可能的！有一些腰腿不好的人，每当寒流到来之前就开始关节疼痛的。要是如此推理，这小伙儿的话是不假的。这小伙儿离这个大自然最近，所以有着接受大自然信号的不可估量的特异功能吧。这不是传说，应该是人类尚未发觉的科学。再说，这个小伙子不是因为愚蠢才被人使唤着，而是蒙古牧人助人为乐的本能促使他在尽职尽责。他是最懂得生命价值的人，这个民族的家教、社会教育都如是。依靠这样的力量，这个民族曾经横跨欧亚大陆。这小伙子有着忍耐和强悍结合的个性，所以我们这六条性命才要逃离这死亡的追逐。这小伙子不一般。我们可能能活着出去！

女专家呢，是已经筋疲力尽了。她想到自己会死在这里，六岁的女儿会成孤儿，老公要是再娶，孩子要受尽后妈的虐待……想到这些她绝望地哭过。现在呢，让人家小伙子背着，起初觉得小伙子走路的颠簸传到她身上，后来慢慢习惯下来，觉得背着她的不是肉身，而是像一棵树一座山，感到自己有了依靠和希望，啊，看来我是要活着走出这个沙漠了！原来这个世界上还有这样的男人！要是世界上的女人都知道还有这样的男人，肯定像歌中唱的那样，会排成长长的队追求他的吧！我让这样一个男人背着！他的女人不知道有多幸运，有多幸福啊！我真想爱他一次，哪怕就一次！她内心的激动是无法言喻的。但她又明白宝日呼背着她，不是因为爱她，而是因为对生命的热爱。怕增加他的负担，她在他背上也不敢动。

“好了，休息一会儿吧！”大家坐下来，宝日呼从水桶里均衡地给每人一杯水。老专家把水给了宝日呼：“你们四个分着喝吧！我不喝水。”女人也随他如是做了。宝日呼同意，他们四个分了两杯水。那仨现在想的首先是如何活命，其次是喝水的事。

抬担架的、被抬的六个人这一夜走了很远的路。宝日呼估计，足足有八十里地。到了太阳升起，搭帐篷时发现水桶里的水快没了。几个人同时心生恐惧。“食物也快没了。还有多远的路？”老专家鼓起勇气问。宝日呼说：“还得走二百里地！”

那天天很热。宝日呼把剩下的水和食物都分给了他们，扔了水桶。现在包袱是轻了，但是死亡的讯息，又一次袭击了除了宝日呼之外的五个人。太阳落山后，宝日呼打开扎紧的皮袋口子，给每人倒了半杯酸马奶。炎热的天气，这酸马奶发酵得更有劲儿了，大口喝的时候会被呛着。老人和女人又要让给他们喝，宝日呼说：“这个，你俩一定要喝，喝吧！中暑可以当药的！”这酸马奶能麻醉了舌头，但是喝了之后感觉浑身舒爽。之后宝日呼拿出牛肉干每人发了一根。吃完大家又出发了。他们都不知道自己吃的什么，但目前恨不得吃马绊绳的时候，也不想知道是什么了。女专家头痛好了，模糊的眼睛敞亮了，她在宝日呼的耳畔说：“你给我们喝了什么？我从前天开始昏昏沉沉的头也疼，眼睛也模糊，喝了那个一点毛病都没了呢！”宝日呼说：“是酸马奶，能治中暑。看来你中暑了！”

那一夜又走了八十里地。不知怎么回事，抬担架的四个人没怎么饥渴，也没怎么累。被抬的两个人吃了肉喝了酸马奶看来也是合适了，睡了一路。休息了一夜身体恢复了的女人笑得很灿烂，在宝日呼耳边说："给我的女儿起一个蒙古名吧，好吗？"宝日呼想都没想顺口就说："那仁琪琪格！""你把我放下来，我自己走！"老专家也说自己可以走路。宝日呼想了想，决定暂时休息。他给每人发了一把牛肉干，半杯酸马奶："现在让他俩自己走吧，天热了咱们就休息！这样，明天太阳升起时就到我家啦！"几人听了几乎同时瞪大了眼睛："真的吗?！"宝日呼说："真的！"他看了看酸马奶和牛肉干下去一半儿了，说："再走二十里地，咱们就搭帐篷休息。睡一觉起来吃完这些，就可以一口气走到我家！"

晌午时，休息好了的两个专家和他们四个走了二十多里地，走到一个高高的沙丘上，看见太阳的方向有一个高高的敖包在太阳下闪着金光。见了家乡的敖包，宝日呼嘴里嘀咕着跪向那个敖包，先是在头顶上合掌祈祷，之后在额头上合掌祈祷，最后在胸口合掌祈祷，随之磕了三个头。这个敖包叫图格勒干[①] 敖包，传说中成吉思汗把头盔放在这个高处，所以人们在那个位置立起了敖包祭奠。其他五人也不是效仿宝日呼，也不是被迫，都虔诚地朝那个敖包跪拜了三下。老专家心里激动地想，这个小伙子不迷路，还有一个原因就是他供奉的敖包不是在他的眼里，而

① 图格勒干，蒙古语，头盔。

是在他的心里像灯塔一样指引着他吧！信仰给了这个小伙子无尽的力量吧！信仰的力量是无穷的，这话真对。信仰天地和大自然的蒙古人真是多么伟大啊！

就在那个沙丘上搭了帐篷。那个敖包像是叉腰的将军，那个巍峨的身材像是散发着生命和生机的金光一样。老专家按捺不住激动的心，拿出笔写下如下文字：“望敖包俯瞰世界，眼目开阔忧愁尽，天赐智慧佑生命，铭刻于心恩难忘。——七言绝句，余世俊，于××年七月十六日。”

太阳落山后，他们吃了剩下的肉干喝了剩下的酸马奶，开始赶路了。老人和女人先是自己走，走累了他们抬，这样的决定，大家都愿意接受。夜半时他们几个在凉凉的沙地上打了一个盹儿，抬起两个专家，再出发。

东方天际像是燃烧的篝火一样，启明星升起来了。东面泛起鱼肚白，天渐渐亮了。忽然闻见汪汪的狗叫声。之后又听到吹海螺的声音。怎么了？那几个人还没来得及想，老专家在担架上坐了起来，说：“嗨，停下，停下，听见狗叫声了！”随后闻到了桑烟和香的味道，还夹杂着一点点牛羊的膻味儿。“烧香的味道！”女人叫了起来，他们都闻到了那个味儿。

女人挣扎着起来，向那个味道飘来、声音传来的方向跑了一会儿，停住，再跑回来搂住宝日呼的脖子疯狂亲一阵。这个突然的举动并没有让其他人感到奇怪。对沉浸在活着的喜悦中的几个人来说，女学者这样的举动是正常的，如果不是这样，反而不正常一样，她高兴地望着他们。女人亲够了宝日呼，脸贴在宝日呼的胸膛："你就亲我一下，留个纪念吧！"宝日呼慢慢推开女人，将挂在脖子上的皮绳摘下来给她，上面挂着一双狼牙，他说："拿回去给你女儿带上，狼牙是辟邪的，一双狼牙，表示圆满吉祥。"女人戴在脖子上，再一次拥抱宝日呼。

那三个人活着回来，感激涕零，跪在宝日呼面前齐声说："救命恩人啊！"宝日呼说："你们怎么回事？怕也跪？高兴也跪？起来，快起来吧！男子汉不能这样！你们回去之后对他俩……"话说到一半，凶眼儿又磕了一个头，连连承诺："我错了！我不是人。我会将功补过，回去就给余专家洗清罪名！我要是说话不算数，就遭天雷轰！"老专家在宝日呼面前举起那个榆树手杖："孩子，给我签个名，我把这个留给子孙。"宝日呼说："来年春天您再来拿走您那个热水瓶！我冬天去取回来放在家里！"……

天渐渐亮了，小鸟鸣唱，牛羊欢腾，静静的大漠上新的一天开始了。

再教育

一

公元一九六八年初秋月份。

这一年雨水不错，草场也好，原野绿茫茫，天穹一片蔚蓝，云淡风轻的，仿佛在告诉人们，秋天来了。

公社招待所门口人头攒动，唧唧喳喳个不休。看他们的穿着不像是草地人，说话也不像这里人，这帮男女青年被公社附近一些无业的婆娘、小孩以及公社的几个干部好奇地包围着。

那边停着三四辆马车，车上插着一个个小旗子，上面写着“××× 大队知识青年”。

热闹了一番，看起来要走了，公社学校的孩子们在前面举着旗，敲着锣鼓，让他们排成两排，嘴里叼口哨的一个老师喊起口号：“欢迎知识青年下乡，接受贫困牧民再教育！”学生队伍跟着喊：“欢迎欢迎，热烈欢迎！”这时还有一个吹口哨的女老师喊：“世界是你们的，预备唱！”学生们就开始唱起来：“世界是你们的，也是我们的，但是归根结底是你们的。你们青年人朝气蓬勃，正在兴旺时期，好像早晨八九点钟的太阳。希望寄托在你们身上。”

旗帜飘扬，锣鼓喧天，口号震耳，已经把刚才的热闹压住了。在今天这个场合，激情洋溢，欢乐无比，三十来个知识青年排了三排，背着一样的绿色军包，右手高举挥舞《毛主席语录》小册子，在学生们的高喊口号声中走向马车。

那些知青的脸上，明显看得出兴奋的，好奇的，还有一丝丝害羞的表情。不过没有人发现走在最后的一个年轻人脸上的忧郁。

在这样的口号声和锣鼓声中马车夫本已经闹不住惊慌的辕马而慌乱，三排知青分别走到三套马车跟前向其他队友大声说再见，这阵喧闹让马儿们更是惊慌一片。可能是陶力木大队的队长吧，一个四十多岁的汉子赶忙帮马车夫稳住马儿的同时对知青们说："嗨，你们！别这么喊，马都惊慌了！"但是那些年轻人正在兴头上，根本没理会他的话，依然是大声喊叫着。

"唉，真是来了一群莫名其妙的人！"那个汉子终于稳住了马儿，马车夫说："哎呀呀，领导啊，可不能这么说的，他们是毛主席派来的！"

那汉子也嘿嘿笑："真是，不能那么说哈！可是他们都不管马儿惊了，还这么喊，一个个声音可真够亮的！"

欢送的人们散去，锣鼓声也平息了。马儿们慢慢恢复了平静，那些知青也安静了。巴音特古斯看着那些知青笑了笑说，好了，我们现在出发吧。你们可别再喊了啊，路上马儿惊了容易出事。他的话大概是这个意思，但是看那些知青看起来没明白。马车夫又呵呵笑了："哎呀，我的领导，你就算了吧，这些知青看起来听不懂你那个蒙古口音的汉语呢！"

巴音特古斯点了点头说："好像是，那现在怎么说才能跟他们沟通，让他们收敛一点儿呢？"

那个马车夫露出一脸的幽默："嗯，我有一个办法！"他回头看了那些知青，用汉语说："嗨，你们看过《青松岭》这部电影吗？"那些知青点了点头。那个马车夫好像不会表达马儿惊着，扮出马儿惊慌的样子："不能喊叫！马！"他又重复了刚才的动作，那些知青好像是明白了，频频点头，说话声变小了，年轻马车夫让女知青坐在车内侧，让男知青坐在车外侧，出发了。

去往陶力木大队的路上，拉着十几个人的大马车马蹄扬尘。刚刚安静了一阵子的知青们又开始热闹了起来，不知哪一个开始唱起刚才那部叫《青松岭》的电影插曲，其他人也跟着唱了起来，全然忘了马会受惊。那些马儿没惊着，一个小伙子捶了一下马车夫："再让马儿跑得快一点，就像青松岭里的那些马儿一样！"

巴音特古斯说："嗨，你可不能听他们的话头脑发热！这个路这么坑坑洼洼，跑快了，要是有那么一两个被甩出去了，要有什么闪失的话，那不麻烦了吗？"马车夫为了给那个小伙子解释不能跑快的原因，脸部表情十分搞笑，巴音特古斯看了忍不住笑了。

这时坐在最后的一个小伙子，恶狠狠地瞪着那个让马儿跑快点的小伙子：“你能不能安静待一会儿？”

那个小伙还不答应：“跟你有什么关系？！你当自己是谁？难道你不知道自己是混进我们下乡队伍里来的吗？”

对方眼睛也睁大了：“我跟着来了又咋地？我又不是跟着你来的！”有了吵架的架势。

起初的那个小伙子说：“那你跟着谁来的？！”这时坐在马车正中间梳着两条辫子的姑娘脸倏地红了。其他知青望了望巴音特古斯和马车夫，劝着要吵架的两个小伙儿，想让他们安静下来。

正在这时路旁蹿出一只兔子，那两个小伙儿不吵了，但是见了兔子的知青们不论男女都胡乱叫了起来，坐在边儿上的一个小伙子跳下车，扔下帽子追着兔子跑了。

怕马受惊的车夫赶紧刹住车，喊：“你们！你们不能跳下马车！危险！”

巴音特古斯望着追着已经不见影儿了的兔子的那小伙儿：“毛主席是派来了一帮人！派来了一帮孩子！唉，人家派来的孩子，得照顾好吧。在父母跟前肯定个个都是宝贝蛋。”他再用蒙古味儿的汉语对知青们叮嘱，你们不能随便下车，需要下车的话，一定要说。

结果听他这么一说，就有了很多需要下车的事儿。见了一弯红柳也要下车看看，见了小叶鼠李也要下车看看。

马车夫嘟囔：“要是这样，今天可赶不回去了！”

这时坐在中间梳两条辫子的女孩有了欲言又止的样子，巴音特古斯问她想干什么，姑娘迟疑了一下说：“哪里有厕所？”巴音特古斯不知道什么是厕所，瞪大了眼睛。好在车夫是进过城的人，看巴音特古斯笑了：“那个姑娘要去方便。人有三急，必须照顾！”

巴音特古斯马上就说：“那你赶紧找一个隐蔽点儿的地方停个车吧！”

最可笑的是，那个姑娘领着另外一个姑娘去了很久，回来噘着嘴说：“这地方可找不到厕所！”这话真是让人哭笑不得。在荒无人烟的地方，找什么厕所啊？这些人真是不知道在想啥。巴音特古斯和车夫比划半天，知青们又似懂非懂地沟通一番，那两个姑娘终于解决了问题。

二

陶力木大队，有朝南的九间土房，东边三间是灶房，右边三间是仓房，中间三间是大会议室。

大队书记尼玛扎布是一位有着浓密黑胡子的老头儿，在门口见南边路上有人过来，自语：“巴音特古斯来了！”

来的正是巴音特古斯。尼玛扎布见了巴音特古斯：

“嗯，怎样？安顿好了吗？”巴音特古斯笑了笑：“初步安顿了一下！还不知道呢，那几个人，跟水利队的沟通好，还需要一些时间吧？”

尼玛扎布说：“人和人沟通起来有啥难的？”

巴音特古斯嘿嘿地笑：“他们彼此好奇得不得了。人民好奇知青的穿着到说话和走路，知青好奇人民的饮食到日常用品，摸摸这个，看看那个，真是好奇得不得了。起初几天还好。慢慢发现那八个里还有两个调皮捣蛋的小伙儿。不知道哪个教了他们骑马，现在没人敢骑马到他们那儿了。一旦有人骑马来，他俩就骑着不见了，一个骑够了另一个再骑跑了，就这样，昨天差点出事了！”

尼玛扎布吃了一惊：“怎么？”

巴音特古斯：“昨天牧马人冬日布牵来一匹驪马拴在马桩上。那俩家伙不知道在哪儿躲着等马来着，趁人家进屋就骑了那匹马。那么烈的马不知怎么骑上去的，骑上后那匹马就开始乱蹦乱跳，把那个小伙子甩了个昏迷不醒，把我们都吓坏了！”

尼玛扎布着急了：“然后呢？”

巴音特古斯说：“刚好碰到了医生，掐了他的人中让他醒了过来！要是我们本地的小年轻儿，巴不得揍他一顿。可他们是上级派来的！真是说也不是，不说也不是！”

尼玛扎布用殷切的目光望着巴音特古斯：“老巴，你可得想想法子。对症下药，你还是比较擅长的！”

陶力木大队的书记和队长就是这么合得来的两个人。尼玛扎布以前是小喇嘛，一九五八年入了党，当了这个大队的书记，他为人正直，心地善良，家乡人对他敬重有加。家乡人对巴音特古斯的评价却不太一样，说这个汉子，像个摸不清他头脑的狐狸，所以给他起了一个绰号叫“狐狸尾巴”。然而大家选这样一个狐狸尾巴当大队队长，还是有原因的。巴音特古斯是有狐狸尾巴，但他凡事能妥善处理。有的说：“一个人一个性格吧。我看着这个巴音特古斯，有时想，不知他又有什么招，别让他给涮了，但是小心着小心着，临了还是被他给涮了。过了两天他还明着跟我说，被我给涮了吧，哈哈！说不准他这一声哈哈都有猫腻。”听了这话，年轻的马车夫就说：“别说我们这些老乡，他可是把公社书记都给唬住了。那天公社书记坐我的马车回公社时，问我‘你们那个狐狸尾巴什么时候去了西边儿？’我故作不知地问‘狐狸尾巴’是谁啊？书记嘿嘿笑着说：‘不知道吗？巴音特古斯啊。人们都说他是狐狸尾巴，看来真是狐狸尾巴呢！今年春天上面来扶持经费，他可真是把我给骗了，拿走了一部分资金。夏天国家摊派的畜牧数量上，他又给我使了一招，我有点生气，我们其他同志都笑了，说您生气也没用，批评了，他会说哎呀领导，是我不对真的不对。现在就不敢了！以为他真要改主意了，他站起来告辞时却说，唉，就这性格改不了啦，您要是不饶我就罢了，这个队长职务，我也实在干够了。大家还说陶力木大队怎能没有巴音特古斯呢？现在你们的巴音特古斯一到我的办公室，我就问你又想给我甩什么狐狸尾巴？小心都不成，还是会被他涮了！’我驾着马车去供销社、土豆站，只要是跟着巴音特古斯队长，就能发现供销社经理、土豆站站长都被他涮了呢。”

说实在的，巴音特古斯队长说跟那些人沟通费劲，也是他用的心眼儿，听说上面派来一些知识青年，他早就想好了安排在水利队，因为水利队那边也就几户人家，那边领导也会汉语，觉得他们沟通起来方便。不过，这个安排还是出了问题。

一日清晨，水利队队长，那个鼻子挺挺的家伙来了：“那些知青都不行！每天想吃好吃的，哪儿有那么多好吃的？”明显是告状来了。

大家觉得他们是上面派来的，起初竟拿出他们爱吃的猪肉、鸡肉和鸡蛋来招待他们。可是哪儿有每天吃得上的猪肉、鸡肉和鸡蛋呢？生活质量下降了，那些知青起初提意见，后来拿出了那个造反的精神，水利队队长就怕了。

“猪、鸡、蛋要是不够了，你给他们吃牛羊肉呗！”巴音特古斯说。

那个姓张的队长说：“他们怎么会吃呢？捂着鼻子，

接近都不接近牛羊肉！”

巴音特古斯笑对方：“哪儿有有肉不吃的？行，你先回去吧，我去看看！”

巴音特古斯到了水利队，那些知青见领导来了，都围了过来，并说起生活质量下降的事儿。巴音特古斯笑着说：“行，行，没事！我会好好安排的！听说你们不吃牛羊肉？那你们爱吃什么肉呢？”

那两个捣蛋鬼中一个叫张新华的一脸调皮样，说：“哎呀，我的领导，狗肉是找不到的吧？”

巴音特古斯眼睛瞪大了：“那你们是爱吃狗肉是吗？那玩意儿，我们这儿可是多得是！”便叫来年轻的马车夫苏伊拉达赉，说：“你带一个小伙子去一下季发祥家里，他家有一条偷袭人的狗，说是要给人来着。去把那个杀了拿回来。但是别剥皮，完整地带回来！”

到下午，苏伊拉达赉把那条狗杀了带回来。巴音特古斯跟水利队的厨子说：“你去跟那些知青把这条狗收拾了吧！”

那个苏伊拉达赉看着巴音特古斯这个样，有点忍俊不禁，对一起去的小伙儿说：“这老先生又不知在耍什么花招！这条狗一点肉都没有，那些知青吃得够么？”

那小伙儿看了看周围说：“真是一群怪物！好好的牛羊肉，他们嫌膻不吃，居然想吃狗肉，这些人得有多少只狗才够呢？会不会把村里的狗都得吃没了？”

正在剥狗皮时，巴音特古斯跟那个厨子用蒙古语说：“你当他们的面儿把这只狗的一条腿给剁了，那时我叫他们走！你把它跟山羊肉一块儿放花椒大料爆炒一下，再加一点马铃薯叶子炖一炖！”

“我的那个爹啊！他们知道了还能干吗？他们当中可是有几个凶神恶煞呢！”

巴音特古斯听了撇了撇嘴：“乱炖一通，就是一辈子放牧的人也吃不出来。他们能知道？真笨！”巴音特古斯说完就跟知青们说要开会，把他们带走了。

从此之后，知青们吃的可都是“狗肉”了。年轻的马车夫苏伊拉达赉不由得想笑，心想，巴音特古斯这样的汉子能有几个呢？把人家知青们像是哄五岁的小孩儿一样哄住了。季发祥家里哪儿有吃不完的狗啊？再一想吧，对这些不知一条狗到底有多少肉的人们采取这样的办法也是对的吧？总之，哄的和被哄的，都高兴着呢。

三

霜降这个秋季最后一个节气过后便是立冬了。若是从前，这个时候牧人该忙完了打草工作，也准备完过冬和来年春天的柴火，除了需要放羊的那一个穿着厚厚的皮袄去放羊，其他人都暖呼呼地在家纺线、熟皮做绳什么的。今年有所不同。陶力木水利队紧跟着“农业学大寨”“牧业学乌审召”的号召，忙着“大决战”。

公社下派的干部规定包括兽医、大小队长们，除了放牧的，所有人都要参加这次大决战！陶力木大队的水利队上聚集了六十来个劳动力。

要干的活儿就是平地，一人平一亩地。这时又出矛盾了。推土的车不是每个人都能摊上一辆，而是两个人中间能摊上一辆。作为大决战总调度的巴音特古斯又转动了眼珠子，布置说：“好，俩人一组，两亩地，你们啥时候平整完啥时候就可以回去。不过，也不能两个好劳动力一组！必须要一强一弱搭配一组。你们各自找搭档吧！”

那时的人，有一点好，就是很听话。都找到了各自的搭档，各自报名说我跟谁搭档，巴音特古斯偶尔看情况做一点调整。最后，大多数组都是一男一女了，年轻人对此都比较敏感，跟其搭档说：“那就这样吧。咱俩结婚算了！”然后说对方是他的媳妇，嘻嘻哈哈一番。

不过有一件事。安排来安排去多了一个人，那便是女知青吴玉珍。吴玉珍人长得漂亮，身材也好看，但是干起活儿来就是不行。说实在的，那些知青虽然学问高，然而做起劳动，男的也不如当地的姑娘。所以，巴音特古斯给知青们一个个选了好的劳动力做搭档，到了吴玉珍的时候，已经没有谁给她当搭档了。吴玉珍看人的眼神总是有点傲，所以这边的年轻人有点怕那个眼神，背地里给她起了绰号叫“仙女”。

这会儿吴玉珍没搭档落了单，那些多事的年轻人又开始多嘴起来：“干脆让她倒茶送水吧！她哪儿是干活儿的主子！她那竹笋似的手拿起沉的东西还不得劈里啪啦折了？”

一个说罢另一个接起话茬：“让她跟她的张新华做搭档好了！”这时年轻的马车夫苏伊拉达赉也来参加这次大决战。

巴音特古斯见他便说：“哎呀，忘了苏伊拉达赉！行了，就你俩一组吧！”

听如此安排年轻人们哗地笑了：“哎呀，你可是有福啊！来迟了，还是有收获，这下可是有了一个漂亮媳妇！”

苏伊拉达赉摸不着头脑，问他们在说啥，其他人给他解释一番缘由，苏伊拉达赉也是一个幽默的汉子，瞟了一眼吴玉珍说：“模样、身段都还行。只是想着是一个吃狗肉的姑娘，会不会嘴里出来的都是狗肉味儿？”如此一番玩笑话，引得同伴们哈哈大笑。

那些知青不知道他们为什么这么乐。要是说到这儿该干吗干吗就好了。年轻人无聊就无聊在这儿，扯着扯着就扯远了。苏伊拉达赉惹事了。他推着一车土边走边说：

“咋样，我要结婚的对象咋样？七窍都在漏气儿，不也挺卖力的嘛！”他夹杂着汉语说的这句惹了事儿。

本来对他们的笑抱有怀疑的知青们从苏伊拉达赉的这句话听出了意思，那个吴玉珍放下推车：“你说什么？！”

惊慌的苏伊拉达赉没找到圆场的话，只好说：“我只是开个玩笑，开玩笑的！”吴玉珍瞪圆了褐色的眼：“你开玩笑是这么开的？”她的语气明显是想吵架，委屈的泪水滚落了下来。

一见此状，那个张新华一下子跳过来抓住了苏伊拉达赉的领口，呵斥道：“你说什么？你再说一遍！吴玉珍是你开玩笑的人？”

张新华这样一来，其他知青也都跑过来了。张新华见伙伴们更是起劲儿了，左手向上掰苏伊拉达赉左手，右手手掌砍苏伊拉达赉胳肢窝，这个招数太狠，苏伊拉达赉一下子昏厥了。

看这情形，本地年轻人都发怒了，说一定要揍他们这些知青，便围了过来。巴音特古斯有点着急：“嗨，你们！你们不能动手！一旦动手事情就闹大了！”他劝住了大家，将昏迷的苏伊拉达赉移到一边，叫了医生。

现在事儿是已经出了！知青们紧张了一番，都不干活儿了，全回去了。他们之中的一个去找在水利队办公的公社干部告状，说这些人侮辱我们知青，要耍流氓，所以我们的一个小伙儿没能克制自己跟他打架了。滋事儿的是一个叫苏伊拉达赉的人。这事要是不处理，我们就不参加劳动，要是处理不妥当，我们就到旗里知青办去汇报这个事儿！听了这话公社干部吓得眼珠都快瞪出来，跑到工地上，用手指着巴音特古斯："你们都干了些什么？这事儿要是捅到旗里，你们大队负担得起吗？"

巴音特古斯也翻了白眼，丝毫不肯让步："我倒是要为了这事儿去旗里说说。都给我们派了一些什么人？这像是来接受再教育的吗？还是致人残废来了？就算是知青，也有管他们的地儿吧？不管苏伊拉达赉说了什么，也有说理的地方，怎能就把人给打晕了呢？苏伊拉达赉可是三代贫下牧民子弟！"

这下，公社的干部两下为难了。只好召开了由知青代表刘焕，巴音特古斯，书记尼玛扎布，公社干部参加的四人会议。巴音特古斯拍着刘焕的肩膀说："这样吧，咱俩得去一趟旗里！还得带着苏伊拉达赉，得去医院给他检查一下身体！你把张新华也叫上！看看这个人检查结果是什么，要是落下了毛病，我们还得去走司法程序！苏伊拉达赉是三代贫下牧民的孩子！"这话听罢，本来来问责的刘焕忘了词儿。

"哎呀，这事儿……"他为难地望着公社干部。

看他这样，巴音特古斯乐呵呵地说："要不这样，这事儿这么处理最省事！你能说啥？我能说啥？因为咱俩都不是当事人！公社干部更是不知道事情的经过！”

刘焕满脸堆笑说：“我想吧，这事我们还是内部解决吧！我给知青开个会，教育教育张新华，批评批评他！”他一下转了一个一百八十度的弯。

巴音特古斯却说：“那苏伊拉达赉要是以后出啥事了，那可怎么办？”这个话很刺儿，刘焕被噎住了。

这时那个公社干部发话了：“我看这样吧！带苏伊拉达赉去公社医院看看吧。这事儿最好在这儿处理吧。处理办法是，巴音特古斯你去说说你们这边的年轻人，让他们说话留意点儿。刘焕你去好好教育你们的知青！然后晚上必须都上工。那个吴玉珍就跟你一组了！”这明显是在和稀泥，双方都同意照办。怕出事儿的公社干部长吁一口气，心想：哎呀，阿弥陀佛！这个狐狸尾巴，关键时刻可真是有用的狐狸尾巴呢！真是能抓住人性的弱点。回头走去的巴音特古斯也暗自想：我的天，除了肚子里有点墨水，这些人跟特木格图[①] 的汉人习性真是一模一样。这些人在三件事儿上绝不与人相让，一是土地，二是老婆孩子，三是钱财！呸！为了图省事，让他们在一起，看来是错了。真需要再教育一番呢。

---

① 特木格图，地名。

四

出了殴打苏伊拉达赉事件之后，牧民，尤其在当地年轻人当中，对知青们的看法开始有了变化。只是不知道而已，随着张新华殴打苏伊拉达赉之事，知青们到这儿不久就开始议论当地年轻人无论男女一个个只是劳动工具，土老帽，男的像流氓，女的厚脸皮，见人家小伙子咧嘴笑，甚至有的还跟着走了……诸如此类的言论就冒出来了。当地姑娘小伙儿呢，一直觉得知青们有文化，懂事理，穿着利落，是一帮了不起的人，从而心生敬重，凡事照顾他们多做一些，然而张新华殴打苏伊拉达赉，其他知青护着那个粗暴的家伙变脸后，他们也开始心想，切，你们有啥了不起的？不都一样的人吗？为了一点玩笑话至于这样狂妄？你们不也是爹娘生的吗？我们这样尊重你们，你们反而不知好歹起来，于是大家都开始对知青们敬而远之了。

这样的两极分裂，导致了知青们吃苦头。对知青们来说，最大弱点就是做劳动。一是技巧掌握不好，二是吃不了苦也没力气。以前他们是靠当地的姑娘小伙儿，他们站在一边儿充个数就行。现在可不行了，那些人可不管你了，干完自己的根本不看你一眼。加上那个巴音特古斯队长乐呵呵地说：“哎呀，我们的知青同志们可真行！上面派你们来肯定是为了让你们发挥模范带头作用的，你们真是发挥了带头作用啊！继续发扬吧！你们是早上八九点的太阳！我们把希望寄托在你们身上呢！”一个没啥文化的人说了几句文人的话。知青们不知道他狐狸尾巴的外号，但是每每看见他都会心里发怵，能感觉到他是一个难辨真假的厉害主子。

他们也立马明白了殴打马车夫苏伊拉达赉，等于惹了这个大队最不能惹的一个。苏伊拉达赉是这个大队唯一跑运输的。他好好的时候，知青们哪一个要是去公社寄信，或者去邮局取邮件……都要坐苏伊拉达赉的马车走一个来回。现在交通工具没了，那些知青现在到公社，只能徒步走六十里地。徒步，对他们来说是最为痛苦的事儿。尤其对两个女知青来说更是如同炼狱一般，走不了三十里地就会筋疲力尽瘫在路边。然而，还就数那俩女生去公社的事儿最多。

对当地男女青年来说，吵一嘴打一架是很平常的事儿。气消了，哪一个先开口了，或者哪一个眼神儿温和了，脸上有了笑容，就自然和好了，说一声“你上次对我有点苛刻！”或者说“上次我没能压住火儿！”一切就烟消云散了。可是那些知青偏不，拿着架子，擦肩而过的时候还不正眼看人家一眼，这样一来，事态就好不了啦。

冬日北风呼啸，极其寒冷的一天，苏伊拉达赉去土豆供应站拉土豆回来的路上，见前面徒步走着两个人，一看便知是陆晓梅、吴玉珍。这些知青吧，跟乡里人不一样，走路不知往回看。所以，她们根本没发现后面走着四套马车，仍旧赶着她们的路。嘿，你俩还拿着那个架子？那我也没必要求你们坐车吧？苏伊拉达赉如此一想，就扬起马鞭，从她俩跟前无视地疾驰而过。直到这时才发现大队的马车从身边走过的两个女生有点不知所措，苏伊拉达赉却是没看见她们一般早已远去。虽说看见马车的她俩想搭车歇歇脚，但她们还是没有勇气喊住他。

苏伊拉达赉的马车吃力地翻过了那边的小山坡，车速慢了下来。不知苏伊拉达赉有意还是无意，车速一那样慢下来，却折磨起了两个女生的心。原本走不动了的两个女生现在望着马车的背影走在它后面，越是觉得走不动了，这个感觉挺折磨人的，耐不住这样折磨的吴玉珍不由得落泪了。见了她哭，陆晓梅反而咬起牙关："不就赶了一个破马车吗！赶了马车又能怎样？还不是一个粗俗的流氓！"嘴里低声骂着说："咱俩休息一会儿！他走他的！等他走远了咱们再赶路！"说着她就坐了下来。

休息了一会儿，再走到一个山坡上又见苏伊拉达赉在她们前面不紧不慢地走。她们明白了，这个苏伊拉达赉是在故意气她们。她们歇脚时他也停下来休息，她们赶路时他也赶起路，故意让她们看见他，折磨她们。

恨，可以化为力量。你要是这样，我们就是累死在路边也不坐你的破马车！两个女生不由得生起这么一股劲儿，如此一来也不知哪儿来的力量，两个女生脚步快了起来，雄赳赳气昂昂地径自超过苏伊拉达赉而去。苏伊拉达赉呢，好像还是没看见她俩一般，吹着口哨。那个调子刚好是《毛主席语录》里“不怕牺牲，排除万难”那一段。

然而，两个女生超过苏伊拉达赉，反而更麻烦了。她们是想不让那个家伙赶上她们，但是，四套马车怎么也比她们快吧，没多会儿又被赶上。那个讨厌的家伙苏伊拉达赉依旧吹着口哨，“不怕牺牲，排除万难”的调子。就这样，她们一路较真，走到了大队。到了大队，见苏伊拉达赉向大队部走了，两个女生就瘫坐在路旁。

脚都起泡了，巨大的疼痛，巨大的疲惫，巨大的憎恨让两个女生同时嚎啕大哭。吴玉珍边哭边说：“打倒这个牛鬼蛇神苏伊拉达赉！让张新华再揍他一回！”语气里充满了恨。

陆晓梅哭了一会儿看着吴玉珍说：“就是因为揍了他，我们今天才这样受气受苦！但不管怎样，也不能这样对我们吧！”说完又哭了起来。

不过，事情往往就是这么巧。真是冤家路窄，狭路相逢。

寒冬腊月二十多号，大队派苏伊拉达赉去旗里进柴油机配件。他第一次去旗里，到处问那个卖柴油机配件的地方，终于找到那个地儿，买完配件，吃了点东西填饱肚子就到了晚上。他走在街上找旅馆。有人告诉他，“从这儿往前走，左拐，见一个学校大院，过了就有一个旅馆”。他刚走过学校大院，见大院墙角有几个人影，忽然听到一个女生慌张地喊：“来人啊！救命啊！”苏伊拉达赉顿时止住了脚步。多么熟悉的声音啊！苏伊拉达赉惊讶。可是这个地方没我什么熟人啊。哎呀，是不是吴玉珍的声音？是，真是吴玉珍的声音！不过，吴玉珍不是回南京了吗？苏伊拉达赉顾不得那么多了，径自跑向出声的方向。

墙角传来拉扯的声音，又听见被人捂住嘴巴呜咽的声音。苏伊拉达赉知道出了什么事儿，厉声吼道：“别欺负人！”

听这个厉害的声音，他们好像吓住了，有两个跳墙跑了，还有一个没能翻越过墙，只好向东跑了。苏伊拉达赉毫不犹豫地拿起地上的包，拉起姑娘的衣袖就跑。他担心那几个人发现他就一个人，回来找他们麻烦。

他俩跑到那个旅馆，到了登记处，吴玉珍才发现是谁救了她，目瞪口呆：“哦……原来……是你。”便说不出话了。吴玉珍上衣纽扣几乎没剩下，袒胸露怀不成样子了。

登记处的女的仿佛知道发生了什么事儿，皱起眉头说：“哎呀，这个地方可真是不行了，夜里出门太危险！前天在东边树林里有一个女的遇害，据说还没找到凶手呢！”这句话更是加剧了吴玉珍的恐惧，眼珠都快瞪出来了。

苏伊拉达赉说：“扎，现在不管怎样，在你们旅馆住一晚，然后……”

那个登记处的女的说：“旅馆已经满了！你们从这儿往北走，有一个粮食公司招待所。去那儿看看吧，或许也是住满了。刚才来了两个人，说那边也没客房了。”

“你们这儿，哪怕在椅子上睡一宿也行！”吓得不成样子的吴玉珍求她。

那个女的皱起眉头说：“我一会儿就要下班了。不能让你们在这儿的。你们要是坐着也能过一宿，那还不如去火车站候车室呢！”待到心情平复时，吴玉珍才发现她背的绿色小军包没了，便一下子蔫儿了。钱、粮票、证件、介绍信都在那个包里。她知道自己已身无分文。

现在连住店都不成了。吴玉珍老老实实地望着苏伊拉达赉，苏伊拉达赉立马起身说：“走，去火车站！”

五

候车室大门开着，几盏电灯散发着昏黄的光，照亮着那个空荡荡的屋子。

靠墙的板凳上蜷缩着四五个人，屋子里冷得狗的下巴颏都会掉下来。堂屋中央有高高的铁炉子，但不像是生着火。见苏伊拉达赉走过去鼓捣那个铁炉子，板凳上的一个人呵呵笑了：“哪个来了都要鼓捣它一番。以前这个炉子是生着火的，来这里过夜的路人多了，车站就把火给撤了。你身上穿的这身儿衣服嘛还行，能在这里过一夜，鞋子也好。不过，你老婆的衣服可不行。鞋子也薄。脚丫会冻着的。”他听那个汉子瞎说八道，不由得想笑：好在吴玉珍听不懂他这些话，不然又得上天入地地闹笑话。

三九寒冬真是了不得，没到半小时吴玉珍就开始打颤了。见这样儿，那个汉子以责怪的眼神看着苏伊拉达赉：“嗨，你可真狠心，你老婆冻得打颤了。你就不能敞开大衣捂在怀里？”

苏伊拉达赉也以责备的眼神看着陌生人说：“我的老先生啊，你可别胡说八道！你看看她那个穿着打扮的样子，像是我老婆吗？是那个知青！你来抱抱看，可能会报警的！”

那个汉子呵呵笑了：“什么可能啊，那是必然的了。那就没办法了。不过，要是这样过一夜，她可真会冻死的。”

苏伊拉达赉：“是呢。不过，这些人吧，都驴脾气一个，钻牛角尖钻得厉害。让她再冻一冻，实在不行我再脱大衣给她。”

吴玉珍打颤打得牙齿都咯咯作响了，苏伊拉达赉脱了羊皮大袄披给她："脚也伸进去吧！"吴玉珍眼眶里布满了泪水。他担心这个家伙又哭起鼻子丢人，表现出满脸的不在乎，岔开话题："哎呀，明天的车不知怎样，不会买不到票吧？"

那个小伙子接着他的话说："那也说不好，下午听售票员说下班之前已经卖出二十多张票了。所以我来这个冷屋子受冻呢。这趟车要是错过了，三天后才有车。那就完了！"

吴玉珍听这个话吓着了："那就真是……"她望着苏伊拉达赉："你……你有钱吗？能借我一点吗？回去后……"苏伊拉达赉掏一掏兜，数了数钱，只有八块二毛钱。

"一张票多少钱啊？"苏伊拉达赉明知故问。

吴玉珍："四块八！"

苏伊拉达赉："二四得八，二八一十六！哎呀！还缺一块四！"

那个小伙儿说："路上在苏海图[1]还得吃一顿饭吧？一碗面条两毛五！"

苏伊拉达赉："吃不吃的也不要紧，一天不吃也饿不死，只要到了公社就好说了！"

那个年轻人从兜里拿出两元给了苏伊拉达赉："好了，

---

① 苏海图，地名。

赶紧想着离开这鬼地方吧！”

苏伊拉达赉不肯收他的钱：“你是哪儿的？拿了你的钱是好事，可我怎么还你呢？”

那小伙儿：“都是出门在外。哪个出门还背着家当的？还不还都拿着吧！”

苏伊拉达赉：“那怎么行呢？要不这样吧！”他从包里拿出一顶绿色军帽给了那小伙儿：“这个给你吧！我的一个哥们儿是当兵的。他给了我这顶帽子，是真正的军帽！”

对方眼睛里充满了喜悦：“哎呀，那怎么好呢？我拿了你的帽子，你不就没了？我是一直想有一个这样的帽子的！”

苏伊拉达赉：“拿着吧拿着吧！没关系！戴上漂亮的帽子也许会有姑娘喜欢上你呢！”

那小伙儿又从兜里拿出一元钱：“那这样吧，我也没别的钱了！我再给你一元钱！”

被羊皮大袄裹得暖暖的吴玉珍虽说没听明白这两个人说了什么，但是从他们的举止她能猜得出发生了什么，心想：真是奇怪啊！素不相识的两个人就这么说得来，说着说着还给对方钱。以为苏伊拉达赉怎么忽悠了对方，看来也不是，好像拿帽子换的。世界上还有这么善良的人们啊？而且不是一个，这俩都是！一直以为“我为人人”是一个口号，看来不是！是真的！就说这个苏伊拉达赉吧！

因为我的缘故被张新华揍了一顿都昏过去的人，现在给我穿上羊皮袄自己在受冻。这可不是他对我有啥想法才这样！唉，我这个人，怎么把人家的玩笑话当真了呢?！她心里不由得懊悔，鼻子一酸，泪水夺眶而出。

裹着羊皮大袄身子暖了之后，吴玉珍又遇到了一个难题。下了车找旅馆遇到流氓的她一直没机会上厕所，现在感觉快爆炸了。她不敢这么黑的夜自己去上厕所。可又不好意思对苏伊拉达赉说我去小便，你跟我去一下！但是，总不能尿裤子吧？她在那儿扭捏半天后问："这儿……这儿有厕所吗?"

苏伊拉达赉知道她在难受，跟那小伙儿说："咱俩得走一趟，这姑娘好像憋不住了！我独自跟着也不是事儿……"

对方说："哈哈，你可真是摊上事儿了。好，好，一起去吧！厕所在东边儿，挺远的！"

苏伊拉达赉跟吴玉珍说："行，咱们仨一块儿去！"吴玉珍心里高兴，想着这个苏伊拉达赉可真聪明，我想啥他都知道了！

夜里更是冷极了。苏伊拉达赉只是穿着棉袄，回来时冻得打颤了。见他那个样子，吴玉珍想把羊皮袄还给他。苏伊拉达赉摆手说："你可别！赶紧裹着身子在椅子上睡上一觉！"他走到那小伙儿跟前给对方点了一支烟，两人一起吸烟。

“你给那个姑娘立功也罢，自己可别冻坏了！”

苏伊拉达赉微笑着说：“怎么说我也是男人吧！跟她相比还是能忍受的。我刚才出去看见外面车边儿上有几根木头，休息一会儿出去拿进来在这个炉子里生生火吧！这一夜也就好过了！”

寒冬长夜漫漫，苏伊拉达赉冻了一宿，勉强到了黎明时分，他就跟那个小伙儿到售票口前的铁栅栏前等着买票了。上车的人们陆续到来，候车室人满为患时，屋子开始暖和了一些。

那个女售票员来了，两个汉子买到了三张票。终于踏实了。苏伊拉达赉举手挥一挥手中的票给吴玉珍看，吴玉珍高兴坏了，眼睛里充满了对苏伊拉达赉的谢意。

太阳升起前他们上了车，中午到苏海图吃了个午餐，日落时分到了公社，落难的两个人像是活了过来，苏伊拉达赉把吴玉珍送到公社招待所，自己去土豆供应站休息的路上，终于松了一口气。阿弥陀佛！终于甩掉这个麻烦的家伙！这样一个柔弱的家伙最好不出门才是！尤其这样的冬天。衣服也不穿厚点，要是没碰到我，她肯定会冻死的。转念一想，自己也真是苦命的人！非要摊上这样的事儿。可惜了我的军帽！不过怎么说呢？不管怎么说也是熟人！见她遇到苦难不能不管吧？算了，就当是积德了吧！

然而到了第二天，苏伊拉达赉才发现自己还得继续积德行善。他刚刚跟土豆供应站的几位喝完早茶，那个吴玉珍笑着来找他。完了，这个家伙可是甩不掉啦！

“你在那边没碰到去大队的车？”

吴玉珍像是他妹妹一样噘着嘴：“我没打听！”语气里充满了撒娇。嘿嘿，这女孩可真是来劲儿了！怕男人的那个矜持到哪儿去了？

“我打听了一下。看来这两天没什么车去我们那边。先不管它。坐下来喝茶吧！”吴玉珍一副欣欣然的表情，坐下来喝茶。

苏伊拉达赉想，真是躲不过去的麻烦！她还有一个包呢，估计就是我的包袱了，人能走得动走不动还是个事儿。我跟这个女孩一路同行，那个张新华知道了还不得揍我一顿？你那么厉害，怎么不陪你这个姑奶奶出来呢？这个女孩也是，跟一个男人赶荒野之路，难道她就不害怕？不过，吴玉珍不是没想过这些。吴玉珍也知道苏伊拉达赉在想什么。她想，苏伊拉达赉可不是我想象的那种人！他为人善良，待人宽厚，真是一个男子汉，是一个好人！

这世界上的人们都希望别人心地仁慈而大方，自己却不想仁慈而大方。他们利用别人的仁慈和大方自己捞点好处，还说别人傻啊！如此这般给自己圆场，想逃脱自己的罪孽深重。能有几个横竖都顶天立地的人呢？

苏伊拉达赉背起姑娘的包，说：“好啦，你先走吧，咱们一起，别人看见了不好吧！”

姑娘听了微微一笑说：“我才不怕谁说啥呢！”

苏伊拉达赉：“就算你不怕，我可是怕的！还是你先走吧！”

吴玉珍走是先走了。苏伊拉达赉跟熟人抽了两根儿烟，聊了一会儿才上路。但他没走十里地就看见吴玉珍走在前面。于是苏伊拉达赉坐下来歇息。

休息半小时再走不到七八里地又见吴玉珍在前方，并看见对方停止前进正在等他。

“你不往前走在等啥？”苏伊拉达赉有点生气。

姑娘却面带撒娇：“我自己一个人赶路有点害怕，你怎么不跟我一起走？”又噘起了嘴。

“怕？你不害羞吗？那你在这里休息一会儿吧，我先走！”

姑娘像是苏伊拉达赉的妹妹一样拉着他的手：“不嘛！咱俩一块儿走吧！”

被她白皙柔嫩的手拉着，苏伊拉达赉心里顿时有一些异样，便慢慢抽出手：“你可真任性！好吧，一块儿走吧！”

原来吴玉珍挺爱说话。她聊起陆晓梅和张文以前谈过恋爱，陆晓梅下乡，张文是自愿跟着她来的。张文的父亲被定性为反动派，正在挨批斗……走了三十里地，她就频频提出休息的建议。第一次苏伊拉达赉故意气这个姑娘，让她走了六十里地受尽了苦头，然而这次，女孩想起那次就心里作怪，不走二里地就瘫坐在路边赖着不走。

冬天的白昼短，眼看太阳就要落山了。走了一整天，离那个水利队还有十多里路。想找一户人家住一宿，但又怕人们说起谁谁领着人家女知青住在谁家了的闲话，苏伊拉达赉好像想到了什么，停下脚步在路边休息，俩人分吃了几块点心，他望着吴玉珍说："好了，你要是把我当哥，你就得听我的话！我背你走！"

吴玉珍就不说话了。

"不然咱俩今天是到不了家的！你要是信任我，就让我背你吧！我不会对你怎样的！我就当是背一堆柴火！"累得不成样子的女孩站了半天还是让苏伊拉达赉背起了她。

苏伊拉达赉边走边说："你可不能说让我背了你！人们会说笑话的！"吴玉珍"哦"地应了一声之后没过多久，苏伊拉达赉发觉自己后背湿乎乎的，才知道女孩哭了。

六

如果在牧区，季节的变化是以梳羊毛、剪羊毛、夏季挤奶、秋季剪羊毛等来区分的，那么现在种起地来，就以播种、收割等种地术语来区分，方式多了起来。此时，按这个来说，刚刚是收割后的时节。

对于一辈子放牧的牧人和从小在城市长大的知青来说，这个种地，尤其是种水稻的差事，真像是下地狱一般。尤其是那些知青，什么时候干过这样重的体力活儿啊。

经过一个冬天，一个秋天的重体力劳动使接受再教育的知青们不能再受这样的苦了，由此他们也开始为自己将来的出路有了彷徨，大家时不时讨论起这个问题。

知青当中刘焕年纪相对大一些，也比较成熟，他望着大家说："你们这样讨论未来不可能有啥结果的！你们还是好好想一想吧！咱们不是来接受贫下中牧再教育的吗？但是你们看看，这个水利队上有贫困人家吗？住在这里的几户人家不是做买卖的就是富农，富牧！"大家听了刘焕的话，仿佛如梦方醒，纷纷说：果真如此，我们提一提意见吧！去其他大队的知青怎么都跟贫下中牧吃住、劳动、生活在一起，却老让我们住在水利队？他们提的意见从公社反馈到了旗里，上面还当了问题，旗里和公社都批评了陶力木大队。

巴音特古斯这个人，不管你是骂还是赞，他都只会冲你一笑了事。笑的时候眼珠一转，随之也就会有办法。

"对对，这个意见很对！我也是这么想来着！公社需要找两个人参加修路队！给那边两名知青吧！不管怎样，那也是一个国家机关！肯定还有工资的！两名女知青就安排在富牧希日布家，等到六月三十号，让她们负责一群羊的放牧工作！公社还要派一名‘赤脚医生’去学习，让刘焕去吧！放马的敖特尔[1]上安排张文和杨秀吧。剩下的那个安排在贫牧乌力吉图家吧！”他把几名知青都安排了出去，支部书记尼玛扎布听了频频点头：“这样大概可以的！现在的一个问题是，给两名女知青安排一群羊，会不会欠妥？这些知青以为放羊是轻活儿。因为她们还不知道放羊的不易。放羊可不是简单的活儿。听说邻村的，给两名知青安排了放牧的活儿，结果他们要过周末，把羊群圈在围栏里，不见人影了呢！听说从去年冬天到今年春天就没下过一个羊羔，羊也损失了不少。或者，给她俩再搭个贫牧伙计？玛努琪琪格如何？”

其他人听了没吱声，巴音特古斯笑了笑说：“玛努琪琪格教育她俩？别忘了她本身也是知青啊。”与会者听了都哈哈大笑起来，尼玛扎布也笑了：“差不多啊，说不准仨人一起过周末了呢！嗯，那安排谁呢？怎么也得安排一个人！”

巴音特古斯说：“安排南斯拉吉吧！”听罢这话，大

① 敖特尔，逐水草流动放牧的一种方式，也指天然牧场。

家又都沉默了。

南斯拉吉是这个大队富牧希日布的老婆。希日布夫妇在水利队劳改。希日布去年说了一句“清朝时吃肉来着，到了我们这一代开始吃咸菜疙瘩了！”惹上了事儿，招架不住自己惹的事儿，他就跳井了却了性命。如此一个富牧的遗孀，能把她安排在放牧的岗位？要是那些知青说“我们不是来接受富牧再教育的！”的话，那事情简直就麻烦大了！大家不说话却都想到了这一点。尼玛扎布老人也想：南斯拉吉虽然不擅长农活，但放起牧来可是一个好手，嘿嘿，这个巴音特古斯，是想让那个女人离开农活呢。要是群众责问，为什么把富牧的老婆安排在畜群上，那上面还不得批评我们？不知道他到时候怎么解释？其实，其他人也想到了这一点。甚至还有人想，巴音特古斯这么做也是对的，巴音特古斯和南斯拉吉自幼一起长大，感情笃深。现在找到这么一个空当，巴音特古斯趁机要帮帮她。可是，怎么堵住众人的嘴巴呢？大家都不说话。

“不过，话又说回来，南斯拉吉有富牧身份啊。不知道群众怎么看这个事儿！”沉默良久后尼玛扎布说。

巴音特古斯又笑了：“就因为她有富牧身份才要这样安排的！两名女知青是上面派来的革命人士。都是早晨七八点的太阳，充满着希望！所以，教育并让她劳动，改造她的思想，让她走上新的道路的工作，由这两位女知青来完成！我看，这两位女知青最适合做这个工作。”听罢，参会的几位都乐了。他们乐起来的原因是，这个汉子怎么想到这样的办法？

在这个大队，只要巴音特古斯说一句话，就没人反对的。去年，有两个年轻人上下串通，想以历史问题拿下支部书记尼玛扎布，自己夺取这个大队支部权力。尼玛扎布得知后有点害怕，告诉了巴音特古斯。巴音特古斯听了又笑了：“现在可真是这么个时候呢。要是真的那样，你可得想好对付的话！我得好好治一治那两个脑子进水的年轻人。应该能治好！”他知道那俩年轻人啥能量。巴音特古斯直接找到当大队会计的那一位，从兜里拿出了一个条子：“看样子是土豆供应站的票吧？三月份，苏伊拉达赉拉来土豆报的数好像是一万二千三百二十斤。难道土豆供应站写错了？或者是这个苏伊拉达赉给供应站那帮家伙推了人情？”听罢这番话对方目瞪口呆了。原来还有这样比账本都清楚的人！斤数怎么记得这么清楚？如此质问下要是跟他拧着干，那肯定不会有好果子吃的！

“这……这……供应站王站长开口了，我……也是……没办法才那样！想着，也许以后给我们大队多一些白面……啥的……”他只好如是交代。

巴音特古斯笑了：“是啊是啊，这不就出事儿了吗。据说土豆供应站那些老爷们猪肉炒的菜特别好吃呢！难怪！土豆喂养的猪肉能不好吗？行吧，这事儿就这么了了吧！这可是第一百一十三张票！这事儿除了尼玛扎布书记我俩，其他人还不知，就这样了吧！年轻人啊，以后可得注意点！”被人抓了把柄的会计自那天起见了巴音特古斯和尼玛扎布就看着他们的脸色，服服帖帖的了。另一个年轻人是一个小队长。巴音特古斯直接让人把他叫了过来，笑了笑说：“你犯什么糊涂呢？听说你想鼓捣尼玛扎布老汉？你可真傻！尼玛扎布老汉知道了你私通色仍的老婆到西边儿拿三只羊换了米面的事儿，问我这事儿怎么处置呢！我说了，现在羊头数要是不差的话，就悄悄的吧。你现在反倒想拿下老汉？老汉要是把你的事儿喊出来，你会怎样？跟人家的女人私通可是作风问题，偷卖集体的羊，这是偷窃罪！那么，你们俩得陪老汉一起低头挨批了！低头挨批估计也无法了事！可能还得去蹲牢房！”年轻人听了扑通给他跪下了。

其实尼玛扎布老汉根本不知道这些事儿。不过，尼玛扎布老汉是非常了解巴音特古斯的，所以凡事把他推在前面。

几天之后，一切按巴音特古斯的安排落实了。张新华和那个多事儿的小伙子被安排在修路队，他俩高兴得合不拢嘴，一个劲儿跟巴音特古斯说谢谢，巴音特古斯不由得想笑，被割了耳朵的狗对主人忠诚，真是被言中了。你俩先高兴着吧，那地儿可不是一般的地儿，聚集了各地的铁汉子，都不是善茬子，你们要是像在这里那样撒野，肯定有人收拾你们的。呵呵，那也是一种再教育！什么人需要什么教育！两个多事儿的主子，就这么安置好了。刘焕呢，相对这些人成熟多了，让他去参加医生培训，像是挠了他发痒之处一般高兴，最起码他不用干重体力活儿了。也不管其他人什么安排了，还给巴音特古斯送了两盒南京烟。

去放马的俩也挺高兴。放马骑马溜达总比参加体力劳动流汗强吧。

巴音特古斯找空见了南斯拉吉，说："你呢，跟那两个女知青一块儿看护一群羊。那两个，可是什么都不懂的小毛驴。那群羊，可是全靠你啦！不过，你就当她们是那群羊的主人，把责任推给她们！那样，她们就被拴住了，我是以那两个知青教育你改造你为借口这么安排的，所以呢你就真的装出一番被教育被改造的样子来！这样一来，你也能料理好你家里的事儿，一个家要是主人不管不顾的，不到两年就荒了。再说，你放放牛羊，还能吃点奶食品，怎么也比那个耕地的农活儿轻一些吧。"

自从运动开始，被定性为富牧总遭人白眼的女人南斯拉吉满眼噙着泪水说："好，好，你……也就你成全了我，成全了！哎，说老实话，我真是干不了那个翻地种地的活儿！就是想坐在山头望一望牧场。人活着，被人当鬼一样对待，可真是难受！”她说着说着呜咽了起来。

巴音特古斯这会儿忘了笑，说：“好啦好啦，坚强一点！人，是能够熬过这些困难的！我告诉你一个办法！你就装作不懂汉语。无法沟通的时候，她们奈何不了你的！慢慢就知道怎么对付了！她们也不过那样，人多了，你一句我一句地有闹腾的劲儿，现在把他们都解散了，该老实还得老实。毕竟我们在自己的家乡吧！”南斯拉吉听了这些话，心里更是感动，真想像年轻的时候那样将脸贴到巴音特古斯脸上，不过始终还是没那么做。

七

巴音特古斯队长领着两名女知青赶着一群羊过来了。明显是很多户人家的牛羊，各家羊聚集在一块儿，有个空当就要往自己家跑的样子。巴音特古斯跟两个知青说：“好啦，这些羊得小心看护！一不小心它们就会往家跑的。还有，这个集体的羊吧，不能让它们死。死了羊就得惩罚。多少母羊接多少羊羔是有硬性规定的。要是达不到那个定额，还会惩罚！”说着从包里拿出一个表格：“不过，因为这个羊群是刚集合起来的，所以定额定的低一些。就是说，一百只羊死亡率可以百分之五,一百只母羊应该能接九十只羊羔！”那两个知青似乎没怎么明白他解说的这些，眼里一片茫然。这个大队曾经出过这么一个故事。六月三十号畜牧定额的时候，有一个汉子说：“死亡率嘛我可以掌控，出生率嘛那是公羊的事儿！”不过，这两个知青连这话都不明白是真的。

快到她们住的地方时，巴音特古斯说：“给你们俩还得交代一个任务！你们这个放羊点上还安排一个富牧南斯拉吉，对她进行劳动改造。你俩呢，是革命知识青年，要好好监督改造那个富牧，让她走上新的道路！这个人要是出了什么事，也得由你俩负责！”她俩听了这番话，眼皮都耷拉下来了。原来放羊也这么麻烦吗？难道是说死了羊要赔钱，死了人要偿命？她要是自己死了，那我们怎么办？她们虽然想护着自己说几句，但面对巴音特古斯终归没能说出什么。她们明白这个男人看起来呵呵哈哈的，但是只要谁顶撞了他，那就都没好果子吃。

陆晓梅说：“哎呀，巴队长，这个人能不能不交给我们？”

巴音特古斯说：“这可是大队管委会做的决定！我独自更改怎么行？那，这样吧！你俩先按这个规定工作！我给那个富牧的女人也好好交代一下！想想，应该是没问题的！这个羊群可是新集合起来的羊群啊！你俩可不能离开！天天得跟着！慢慢就学会了！”

第一天，她们把羊圈起来就休息了。第二天，陆晓梅和吴玉珍赶着羊群去放羊，就出了事儿。羊不认得羊圈也罢了，放羊的人也不知道方向。到了中午羊群要回羊圈，开始四散开来，她俩勉强追追赶赶聚集到一块儿站到两边儿。想回家，但也不知道家的方向。她俩饥渴交加之余就顺着羊群走向赶了一阵，结果方向好像错了，前面只见茫茫的原始密林。陆晓梅年龄稍大一些，就让吴玉珍守着羊群，自己走到山坡上一看，无论望向何方都是灌木丛林连绵无尽，她不由得害怕了。

南斯拉吉收拾了一会儿家，又收拾了收拾院落，见她俩还不赶羊群回来，想想她们回来时该饿了渴了，就煮了茶。喝了一会儿茶，喝完茶继续等她们回来。

到了午后，她俩还是不回来，南斯拉吉大概猜到了其因，出去找她们。走着走着她走上了布日乌力吉[①] 山坡上一看，见两个女孩在东南方守着羊群，羊群已经在灌木丛中躺下了。她们好像没看见南斯拉吉的身影。唉，可怜的，像她们这样的，连自己都照顾不好，还能放羊？南斯拉吉想着，走到她们跟前，那个吴玉珍又饿又渴又怕，眼泪汪汪地站在那儿。南斯拉吉觉得有点好笑，她赶着羊群往回走。

两位知青根本不喝南斯拉吉煮的茶。自己煮了一点米

---

① 布日乌力吉，山名。

饭嘀嘀咕咕吃完后忽然变了脸，她俩恶狠狠地瞪着南斯拉吉："富牧南斯拉吉，你低头认错吧！"南斯拉吉不知发生了什么，有点慌张，不过还是听她们的话，在她俩面前低下了头。

"你为啥笑话我们？"陆晓梅这么一说，南斯拉吉知道她们为何让她低头认错了，但她想起了巴音特古斯跟她说的话，摇头摆手："我不知道！"她这副样子让她俩更是气急败坏，呵斥着"你咋就不认罪"，陆晓梅还来掐了她几下。南斯拉吉心想，听说小脚女人会掐人，看来真是！我笑还犯法了？你们不是说不打笑脸吗？蒙古人倒也有一句谚语，要被遗弃的女人撒尿都是错的。哎呀呀，真是的，人要是有了被人说的把柄，就什么都不对了啊。

面对骂了也不说话，掐了也不说话的人，她俩好像也没了办法。陆晓梅说："晚上你守着羊群吧！"就当是惩罚。这话，南斯拉吉听来却是十分美好的。她拿起头巾就走出门。

南斯拉吉饮了羊群后又赶到草场上。跟着羊群，她凭羊耳上的印记分清哪些是谁家的，哪家的头羊是哪一个，有多少羊羔，她心里都有数。并见几只没了羔羊的母羊奶子在发胀，就抓住那只羊往手心里挤奶，向天空祭洒了一下，自己喝了一会儿。虽说在手心里挤的羊奶，但是对多少天没喝到奶的人来说，那也是好喝得不得了的。唉，老天啊！我受难成这样！连个奶筒都没有。明天带一个筒子吧。好好做点奶食品再敬献给您！

那个歪犄角的花羊看来是达力扎布家的，看得出是一个跑在群头的嘚瑟匠，不留意的话会把整群羊领到达力扎布家的。那个淘气的白羊，看来是吉日嘎拉家的头羊。这两家也是，非要给这样的羊，这不明摆着要拆散羊群吗？她装作不经意地走到那两只羊跟前，倏地抓住它们，兜里拿出麻绳轻轻绊住它们的后蹄。

羊群最后落脚在一片芦苇摇曳的坡上。南斯拉吉坐在长有锦鸡丛的坡上，望着有时不安分的羊群给着不同声音的讯息，望着牧场内心舒畅极了。哎呀，这样闲待着也不好，应该带一点女红，看羊群的同时哪怕几针，缝缝补补做一点事也好吧？南斯拉吉这般想着又笑了，还想缝东西呢！巴德玛阿姨说过吧，现在的女人会女红吗？不过是在缝补裤子或是做双鞋子。鞋子也是，给了贫下中牧一点点条绒，还能做个鞋子，像我们这样的富牧啥都没有！她想着，望了一眼牧场的边际，想着巴音特古斯会不会来，想着想着，她因了自己的这个想法不由得害羞。

第二天南斯拉吉起了一个早，熬了茶喝过茶，趁那两个还在睡觉，到羊圈里，抓住那些有羊羔的母羊，用稀稀的羊粪涂了母羊乳头，将它们放了出去。然后她拿着一个瓷罐子一个小桶随羊群而去。

那两个头羊动了坏心思，想把羊群往自己家的方向领，南斯拉吉喊：“差得！你这个歪犄角羊老实点！”那个羊畏惧了她的呵斥声，开始老实地吃起草来。那个样子仿佛是：你连我的名字都知道了啊！这个人，我是拧不过的！

待羊群落了脚，她走近那几个没有羊羔的母羊，蹲下来叫它们：“唧、唧、唧！”那几只羊都想让她为它们挤奶，向她跑了过来。南斯拉吉不由得鼻尖发酸，唉，霍日海[①]！只有这些羊不讨厌我是富牧啊！她挤了那几只羊，用冰草枝蘸了奶，向天弹祭一番后自己喝了一点，而后挖了冷蒿根，用带去的水清洗了一番搁在瓷罐里，朝着北方将水桶里的奶倒进瓷罐子里。她想着，几天后我就有了酸奶！她心里美美的，用白色棉布裹住瓷罐子，吊在臭李子树枝上。

到了中午，她把早晨涂封乳头的母羊赶到一个洼地，清理乳头一一挤奶，满满一桶。她心里欢喜极了，真是有畜就有油水，不管怎样，这日子好过了！

到了第十天，羊奶就多得吃不完了。现在可怎么办呢？攒点还能炼点黄油，奶豆腐，奶渣。南斯拉吉到了很晚的时候，提着满桶的酸奶回了家。过了一些天了，她

① 霍日海，悲悯怜惜之意的语气词。

俩应该忘了我那天笑的事儿了吧？南斯拉吉这么想着。可是，那两个并没忘。南斯拉吉回来一看，那两个女知青正在包猪肉馅儿的饺子。南斯拉吉煮了一壶茶，喝完了等着她俩包完饺子。不一会儿吴玉珍来叫她："你去吃饭吧！"她俩这是怎么了？今天想起给我吃饭呢？南斯拉吉到了她俩的屋子。陆晓梅给她盛了一碗饺子，又递了一双筷子。南斯拉吉咬了一口饺子，感觉有点异样，她仔细一看，原来是包了半湿的羊粪。哦，原来她俩在跟我复仇！唉，也真是不会整人！怎么不拌点儿其他东西？羊粪可是干净东西啊！她把羊粪放在了桌子上。十几个饺子中有五粒儿羊粪，她一一剔出来放在桌子上，她吃完饺子拿起五粒儿羊粪走了出去。南斯拉吉想，霍日海，你们也会有那么一天的！我就当这五粒羊粪是畜牧的赐予吧！我可不扔掉它们！这些羊终归都会属于我的！

八

不过，牧马人冬日布，可不像南斯拉吉那么好欺负。

他的成分是贫牧。也是这个大队不可惹的一个。人们常说，巴音特古斯是笑着治你，这个冬日布治人可是来硬的凶的。什么话，他都会说得直截了当，很是倔强。加上他又是一个搏克手，一般小伙子三五个加在一起都不是他的对手。再烈的马，到他手里，也只能乖乖地当他的坐骑。巴音特古斯他俩是同年生人。大家都想这俩厉害的主子要是碰到一起，那会怎样呢？他俩倒还真没啥事。见了呵呵笑着，冬日布骂他是“狐狸尾巴！”，巴音特古斯会笑他是“傻牛！”，但并不跟对方使他们各自的厉害，二人说着说着就能说到一块儿。

听见巴音特古斯给他带来了俩徒弟，他狠狠瞪了一眼说：“这些人可是无底洞。而且还都像瓦罐一样脆弱，听说有的摔下马背就没了知觉，有这么脆弱吗？”语气比较横。

巴音特古斯笑了笑：“给你饮个马啥的，不也是帮手嘛！”

“那倒好！那行吧，留下，留下！”

两名知青就这样，每天在饮马井上待着。相比张文，杨秀比较懂得人情世故。他让马车夫苏伊拉达赉从公社捎来一条太阳牌香烟，时不时给冬日布一盒，并师傅长师傅短地叫着。他是想讨好他，然后得到他的允许，去骑马放马。冬日布看得出他们的小心眼儿，说：“我也不是不让你们骑马！是怕你们骑马出点啥事儿！要是从马上摔下来，或者神志不清了，多麻烦！”

杨秀听了说：“那咋办啊？不会是一辈子我们都不能骑马吧？那些年纪轻轻的蒙古女孩们都在骑马呢！”

冬日布说："他们怎么长大的？你们怎么长大的？他们可都是在马背上长大的。你们是在热炕上尿盆边儿上长大的。怎能比？好吧，你们要是想骑马，那就先得学会摔跤！搏克，是什么意思呢？就是结实。你们要是学会摔跤，身子结实了，筋骨强了，摔下马背也没事。"教他们摔跤的时候，他摔倒他们无数次。

练摔跤多日，他们开始耐力持久了一些，冬日布开始轮流带他俩去放牧，让他们认牧场。哪一个去放马回来都显得无比骄傲，碰见路人时故意让马儿跑起来，仿佛在告诉别人我是牧马人，我骑着马要去放牧啦。

"你们这两个臭小子！还没咋地就开始拿起架子！真正的牧马人是要跟烈马较量的！骑着老实的马跑个碎步，谁不会啊？明天开始你们学驯驯烈马吧！"听冬日布这么一说，他俩也是一股年轻气盛的样子，齐声说："好！"

次日，一匹未曾受孕的母马到井上，冬日布给他俩腰间都系上了马绊到了井边说："你们看着啊，我给你们擒马，你们骑吧，但不能让它跑掉！谁要是从马背上摔下来，我找谁算账！行不？"那俩异口同声答应了。

马儿们陆续到了井边，往水槽涌来，冬日布跟往常一样，将一桶水慢慢往水槽倒，马儿们渐渐放松了警觉。冬日布倏地抓住一匹公马，说："来，张文，你骑上！"张文听他的话骑了上去。冬日布撒了手，那匹公马企图甩掉背上的人，尥几下蹶子，张文耐不住摔了下来。

“你这个没用的家伙！怎么被马甩了！”冬日布骂着，拿鞭子抽了张文几下，张文被马甩下来，又让马跑掉了，觉得自己错了，就忍了那几下鞭子。

“行，接下来杨秀准备！”他趁着再倒一桶水的工夫，又擒住了一匹公马，让杨秀骑了上去。同样，杨秀也被甩了下来，挨了几下鞭子。

“瞧你俩那个窝囊劲儿！哪儿有男人的样儿！像是冻萝卜似的，一点劲儿都没有！二十多年的饭，吃到哪儿去了？三岁公马的三个蹦跶都忍不住，还想当牧马人！你们那个是腿吗？是腿就该夹得住！你们的腿难道不是腿，而是树杈吗？”冬日布抽了人家还没完，还骂个不休。

之后，每当饮马时他都会擒几匹烈马叫他俩骑，这样下来，他俩慢慢骑得像模像样了。冬日布脸上也开始见了笑容：“就得是这样！男人嘛，要骑得了烈马，要追得了女人！像你俩这样，都二十好几了，耷拉着那个家伙有啥用！西面艾里[①]刘家的姑娘放羊经常在这东边儿柴达木转悠。可能闻到你俩后生的味儿了。你们也当是去放马，直接奔过去。牵着马碍事儿，先把马绊住。然后，就在那边芨芨草丛里按住她。要是跟那个姑娘不好意思，你们还有

① 艾里，指人家，户。

俩女知青呢！她俩不是在希日布家放牧吗？就在南面林子边儿上。你俩一块儿过去，一个领着一个去那边洼地不就行了？这些难道不是年轻人该做的事儿吗？”俩知青听着他直来直去的话，忍不住笑了起来。

冬日布也笑了：“或许你们不能那样！要是那样真就出事了！我是开玩笑的！你俩可千万别惹刘家的姑娘！一旦惹了，那就跑不掉了！你俩娶那个没文化的姑娘干啥！蒙古族姑娘呢，是有很多。不过……如此一想，你俩耷拉着那个家伙抱着枕头睡觉也是正常的！正常！哎呀！可惜了这么好的青春年华！”冬日布就是这样教育知识青年的。那俩虽然嫌冬日布没文化、粗鲁，还有点傻气，但是他们也欣赏冬日布身上散发的那股大老爷们的劲儿，心想：这个人看起来像个爷们儿！也许从前古代的英雄就是他这个样儿！于是乎，每当冬日布脸色不好的时候，他们就像见了猫的耗子一样。

一日清晨，要喝早茶的时候，冬日布望着他俩说：“对了，你俩得学点蒙古语！牧马人嘛，要经常碰见牧马人、牧牛人、牧羊人的。还得问牛羊的去处，问问马儿的去处，人家告诉你了，不就减少冤枉路了吗？昨天我碰见后队的牧马人。他说你们那俩小伙子咋回事？见面招呼都不打，问话也不回。什么呀那是！像是枯木草人儿一个！他说你们这样可不好！在我们这儿那些给人砍柴割草换肉填饱肚子的特木格图汉人也能凑合着说两句蒙古语，见了人还说‘赛音拜努’呢！相比之下，你们还是文化人，要是想学，有啥学不了的？肯定能学好！这样吧，我给你们教一教吧，猫日是猫，瑙海是狗，你的嫂子是玻日根。还有：屁股是布胡日，东是准台，西是巴润台，南是额木讷，后是汇纳！狼是赤那，羊是浩尼，狼吃羊是赤那浩尼伊德乎！”那俩特别高兴地记下了他教的这些话，并很快就学会了。

冬日布竖起大拇指说：“对对！你们真行！你们比特木格图的汉人说得地道多了！”这家伙兴奋了。就教他俩在牧场上见了老人该怎么问安，说什么话；遇到年纪相仿的，怎么问候，说怎样的话；马的行踪怎么问；马的颜色蒙古语怎么说；等等。那俩小伙子跟人交流就方便多了。

有一天，杨秀问：“师傅，您只是教了我们见老人怎么说，见同龄人怎么说，没教我们见到牧羊姑娘怎么说呢！”

冬日布听了哈哈笑：“那简单！要是遇见小媳妇，你就点个头，道一句‘赛音拜努！’之后再说‘现成的嫂子好，现成的热饭好，瓷瓷有花的好，杵杵杆粗的好！’要是遇见大姑娘，你们也点点头问个好，之后再说，‘姐姐教教我，让小弟长一长’，她们一听准会乐。”冬日布教得有点邪乎。那俩呢，居然不知轻重，一五一十地记了下来，认真读着读着就会说了。听他们说着，冬日布又忍不住地笑。

这么教他们没几天后，巴音特古斯来放马的牧场看两个知青，见冬日布就笑了："你都给你那俩徒弟教了一些啥呀？你那两个爷鹦鹉学舌，到处说你教的话转悠呢！昨天在那边芨芨草滩见了人家小媳妇说什么现成的嫂子好，听说人家小媳妇吓跑了。还不知见了谁家的姑娘喊姐姐了！你这么教育可是不行的！这是啥教育啊！"

冬日布听了也笑了："有啥关系！不管怎样，学一点是一点，也许以后对他们有用的。年轻人还得像个年轻人不是？要是真把自己当知青拿个架子，以后谁还跟他们接触啊！"

巴音特古斯说："不过，你的两个徒弟可真是变化不小呢。见我还问安，还说'赛音拜努'，还问我身体可好，还问我有没有见过他的枣红马，蒙古语说的真是地道呢！他们一说蒙古语，表情都像蒙古人了！"

到了晚上，两个知青放马回来后，杨秀看了看师傅的脸色，问："师傅，您是不是教我说不好的话了？"

冬日布呵呵笑了："可不是骂人话！"然后给他翻译了那些话的大概意思。

杨秀听了吐了舌头："师傅啊，您可真是害了我！不知人家会怎样想我！"

冬日布听了又嘿嘿笑了："没关系的！年轻人嘛，开开玩笑挺好的！再说，人们一听就知道是我教你们说这些话的！所以，没事的，没事的！”

九

跟张新华一样蛮横的另一个小伙子叫王华明。真是物以类聚、人以群分，他俩在南京时并不相识。就是下乡被分到一个旗里之后，因各自的言谈举止被彼此吸引而相识，甚至因对方提起南京街头有名的打手流氓而臭味相投，很快成了好哥们儿。

张新华不是什么有名的打手，但他父亲曾是大领导，他生长在机关大院，是大院孩子们的王，领着七八个游手好闲的，每天闹得鸡鸣狗跳的。那个王华明呢，是市井里无所事事的一个，但他不是头头，只是一个小跟班儿，所以现在他也只是张新华的兄弟，是他徒弟而已。

旗交通局属下的修路队在公路每五十公里处设了一个修路点，那个点上有两个正式工做管理，下面从每个公社招了二十名临时工，给这些临时工每天一块五毛钱的工钱，所以愿意来这里干活的人不少。不过，也不是谁想来就能来，也得靠公社推荐。公社还得看这个人的家庭情况什么的。一般选一些家里生活困难或者在公社不怎么好好干活的小青年来这里，所以这个地方成了各地小痞子聚集的地儿。

上面派到修路队的负责人是一个不知给人留情面的络腮胡子，人称“路霸”。你要是做对了也罢了，一旦做错了，他定是直骂你“你妈的”。不过，这里活儿倒是轻巧。二三十个人赶着几个骡子拉的车，路面哪儿出现坑坑洼洼的情况，就拉来几车泥土填平一下，哪个路段淤泥陷了车，拉来几车油蒿，将其根朝上摆放后再拿沙土压住，等等，诸如此类的活儿。

张新华、王华明二人初到这个队的时候，看他们是大城市来的，又有文化，派来的人又有面子，所以很受尊重，让张新华当了修路队副队长，包括“路霸”也说两句好听的话，以示礼貌。然而，这两个家伙是不知好歹的。没到一个月，张新华就成了个爷。提出了不适应修路的这些人，住房饮食不对，等等，一堆要求，让那个“路霸”开始恼火了。要是换一个人，他早就说十五个“你妈的”了，然而，跟张新华却还不能。因为他知道张新华有点傻劲儿，而且还会拳脚功夫。听他自己说，他在南京的时候，就特别能打架，一生气就挥着刀冲进人群中开血路的敢死将军，王华明能证明这些，也老说起张新华以前的故事。

正在这个时候，本地也有一个傻帽儿叫杨二娃，跟张新华在一点小事上起了冲突动起手来了。张新华打得杨二娃口吐鲜血、耳朵撕裂，搞得其他二三十人都对他发怵了。

这样一来他更是大家的爷儿了。张新华从不干活儿。大家干活儿的时候，他站在旁边指挥这指挥那，一见他手指翘起来，就有人给他夹烟，点烟。他成了谁都不敢冒犯的一个，那个王华明也在他的气势庇护下飞扬跋扈。

一日，那个“路霸”见了巴音特古斯合掌说道：“哎呀，阿弥陀佛！你们队给我们派来了什么人啊这是！真是两个阎王爷！”

巴音特古斯幽默一笑：“怎么样？是不是很任性？那个，可不是我派给你们的！是上面派给你的！你也是因为有贫下中农身份才当的这个负责人！你得对他们进行再教育啊！”

对方学蒙古人单掌竖在脑门：“他还能再教育？说不准他要把我们再修理呢！”

巴音特古斯又笑了：“人们不是说你挺厉害的吗？他厉害的时候你收拾收拾不就行了？我可是知道的，他俩也就声势大了一些，其实没啥力气！没啥！你看看他们那个体格，腿像个麻秆儿似的。只是动作敏捷了一些而已！”

“路霸”说：“哎呀，巴队长，请把他俩带回去吧！然后我从你们队再要三个人！”

巴音特古斯听了眼珠转了转，又笑了：“要不这样，我不要回那俩，再给你加俩！我给你的这俩刚好是前面那俩的克星！”

对方挠了挠头：“哎呀，巴队长，这都几个了？您可真是厉害啊！是不是又要推给我两个厉害的主子？”

巴音特古斯说：“那行吧，你要是不信，那你就继续受那俩凶神的气好了！我收回他俩是不可能的。他们也是公社选拔派给你们的人！”对方只好就依了他。

然而，见了巴音特古斯再派来的人，“路霸”知道自己上当了。人们都说这个巴音特古斯是一个狐狸尾巴，看来果真如此。这真是什么人啊？

派来的两个人，一个叫巴图毕力格，另一个是不足十八岁的小男孩。那个巴图毕力格看起来身材魁梧，但是见了生人就一脸害羞和惊恐的表情，要是谁多看他两眼，他就紧张得站了起来。仿佛在他鼻子上抹了屎都不会吭气的老实人。干活儿是没的说，很卖力很能干。吃得也多，两三大碗饭再加几碗肉还看不出他是否吃饱，干完该干的活儿也就知道坐在一边儿缠线。

“这个汉子能是他俩的克星？！来是来了一个好劳动力！唉，反正已经答应了，也没办法了。就当是你们多派两个人赚了几头牛吧！”“路霸”想。

夏末的一场雨下得甚好，牧场被雨水清洗得清新干净，远处山梁上云雾缭绕，展现着夏季的美好。

去旗里的公路旁搭了六七个布帐，那是修路队的帐篷。趁着这样好雨时节修路队想把芒吉斯图[1] 几个山坡路修好，号召起全部人马正在做野外工作。

对于农村人来说这是再平常不过的事儿，但对两个知青来讲，实在不能适应这样的风餐露宿。单布帐篷里到了午后晒得实在热得不行，张新华本来气有点不顺，加上巴图毕力格打呼噜声音像是吹海螺一般，他听着实在睡不着。张新华生气地踢巴图毕力格的屁股说："嗨，你让不让人睡啦？"

巴图毕力格醒了："怎么了？我是不是打呼噜了？我这个人一旦枕头不合适就会打呼噜。好了好了，我不睡了，你睡吧！"又拿出线，开始缠。

"嗨，你就不能洗洗脚？整个帐篷全是你的臭脚丫味儿！"

那个巴图毕力格有点不高兴了，说："唉，我们这乡下，吃的水都是从老远拉过来的。哪儿有我洗脚的水啊！"

张新华横了吧唧地说："你要是不洗脚，那你就滚出这个帐篷！我们可不想闻着你的臭脚丫味儿！"

一向老实巴交的巴图毕力格忽然发怒了："你说什么？请你放尊重一点！"

然而欺负人欺负惯了的张新华又犯二了，他掐着腰向

① 芒吉斯图，地名。

外指着说：“你现在就给爷滚出去！你要是说一句不，爷就捅死你！”他说着就从兜里拿出一把弹簧刀。

对方却没有丝毫的畏惧：“你瞧瞧你自己那个样儿！稍微粗的一根草都能绊倒你！你以为你声音大就能吓唬我？你脑子有问题吧！”张新华听了倏地起来想拉巴图毕力格。然而，巴图毕力格不是苏伊拉达赉，他将扑过来的张新华握住后一推一拉就弄倒在身下，他手中的刀也掉下了，没经得起巴图毕力格压两下就断了。

“臭小子，你可真是不知好歹！别敬酒不吃吃罚酒！经不起我拽一下，刺沙蓬一样的家伙，嘚瑟什么呀你！”他环视了一下围过来的人，厉声呵斥，“不是还有一个同伙吗？让他有啥带着啥过来！”

那个王华明见巴图毕力格没挪窝就擒住了张新华并把他压在膝下，就没了胆子过来帮忙，跑到“路霸”的帐篷告诉了这里发生的事儿，“路霸”听罢赶忙跑过来了。

张新华的嘴巴还是不老实。被压得喘不过气，但还在叫骂着。说爷爷饶不过你。“路霸”着急了，说：“嗨，你压得轻点儿！别让他窒息出了人命！要不，你放了他吧！”

巴图毕力格没放下，反而把两个手指伸进张新华的嘴巴：“你再骂一下，我就撕了你的嘴！”

大家都担心，现在要是放了这个火头上的家伙，不知后果会怎样。不过，他们的担忧真是多余了。巴图毕力格说要撕了他的嘴，他果真老实了。加上王华明还为他求情，巴图毕力格就抬起脚放了他，说：“去吧！你俩出去看看外面都有啥武器，都拿进来！铁锹榔头都行！我等着你们！”他望着帐篷顶梁。

这下可要出大乱子了，看来要动铁锹榔头帐篷顶梁啥的……“路霸”满脸紧张。巴图毕力格说：“你们别怕！也别拦着！你们越是拦着他们越张狂！看看他们能干啥！对他们这样不知好歹的人，是不能客气的！”又淡定地坐在那儿缠起线来。

张新华被放之后并没去找铁锹榔头。在离帐篷近的小山丘上站了许久后回来走进帐篷，以汉族人的礼节抱拳作揖：“你可真是英雄好汉！从今往后你就是我大哥！”

巴图毕力格看了他一眼说：“你就是有点过分！什么事儿都想吓唬人，那可不行！你我都出门在外。蒙古人有一句俗话‘在家时是各自父母的孩子，出了门就是同一个父母的孩子’。出门在外的人，就是应该彼此关照和迁就。迁就彼此就是尊重彼此！要是不迁就了，谁怕谁啊！”

张新华频频点头：“大哥所言极是，极是！”他以市井痞子的礼仪拜了又拜，认了巴图毕力格为大哥。

“路霸”差点乐开花了。还有比这个傻帽儿更傻的呢！这下，就让他当大伙儿的队长吧！那样一来，各地来的痞子们都软蛋了，我也可以安心过日子。他这般一想，当夜就把想法说了出来，其他人也都没意见，巴图毕力格成了修路队的队长。

正如“路霸”所想，巴图毕力格当了队长后，最听他话的便是张新华、王华明。他们仨一块儿，其他人更是不敢吱声。巴图毕力格干起活儿来，那真是没的说。“我们有活儿麻溜点儿干完，然后休息不很好？”这是巴图毕力格的口号。再加上巴图毕力格最看不起懒人，所以人们吓得都不敢偷懒，于是乎，工作进度快效率高了！他们的修路队在旗交通系统被选为先进集体。

“路霸”再次见到巴音特古斯时说了实话，真心笑开了花：“哎呀，巴队长！我以为您又涮了我呢。这次真不是！哎呀，你们那个巴图毕力格可真是好样的！借助他的力，我真是管住了那些痞子。现在我们队成了旗里的先进！我跟局里申请让巴图毕力格转正。成了！”

巴音特古斯笑了：“我涮你干啥？我给了你一个适合进行再教育的人吧？不管咋地，教育好就行呗。怎样？我再给你推荐俩？”

“路霸”笑着说：“哎呀，我的队长大人，今年就这样吧！来年再看看，要是这样好的，给也行！”

说实话，巴音特古斯早就料到“路霸”制不住张新华。巴图毕力格虽然是好劳力，但他饭量大。每月供应的三十斤土豆不到十天就吃没了，其余的日子经常饿着肚子。所以巴音特古斯想到了让他成为国家职工吃上国粮的主意。“路霸”当然不知道他的企图。另一个小男孩是孤儿，巴音特古斯也是这样照顾了他。

然而，话又说回来，这样做对张新华和王华明也是好事了，他们在那里好好劳动了一年，给他们鉴定书上写了“接受再教育成绩优秀，劳动好，发挥了模范带头作用，曾获得旗交通局先进个人荣誉称号……”诸如此类的话，也受益于这般的鉴定，他俩双双回了城。不过，这是后来的事儿。

十

陶力木大队的金秋时节来了。那两个女知青现在跟南斯拉吉的关系渐渐好起来了，她们仨还能坐在一起喝茶。那两个女知青不再怀疑这个富牧的媳妇给她们的饭菜掺毒了，也不担心她自杀给她们添麻烦了，更不担心她祸害集体的羊群报仇了。她们能体谅她也很可怜。阶级成分，不是自己能做主选择的！她俩能如此替她着想，也是跟南斯拉吉凡事都会替人着想有关。俩女知青呢，直到现在都还不能掌握方向。一出去放羊，就找不到回家的路。去大队、水利队什么的，也找不到回家的路。初秋一日，她俩说要去大队。但是直到日落还未见她们回家，南斯拉吉真是替她们担忧。她们不可能住在大队。更不可能住在别人家。一定是在回家的路上。白天赶路都找不到的家，夜里赶路肯定更是找不到的。一定又是迷路了！南斯拉吉真是急坏了。

这些知青吧，没有方向感，也没有时间观念。从来不留意何时太阳升起，何时日落，所以从大队动身的时候就已经不早了。她们走到家跟前的林子时天黑了，她们走着走着就没了方向，迷路了。这里的人们要是迷路了，一定会望一望北斗星，或者能凭风向辨别方向。然而，她俩完全没有这方面的知识，傻在原地。吴玉珍呢，遇事就知道哭，所以又开始哭了。陆晓梅比她大几岁，长叹一声说："哭有啥用！哭能找到家？"

吴玉珍说："那……那现在……该怎么办？"

陆晓梅也没什么办法："现在只好在这里过夜了吧。"

吴玉珍说："我害怕！"

陆晓梅："不只是你怕，我也怕！"

到了入睡时分，两个姑娘还是不回来，南斯拉吉坐不住了。她揣了一盒火柴走了出去。

南斯拉吉走到家后面的小山头倾听了一下，还是没啥动静。她摸摸索索捡来一些干柴，拿到小山头上点燃，在其光下再到处拾干柴不断加在火上。她心想，这俩有没有看着火光朝这边过来的心眼儿呢？真是笨啊！

不过，那俩确实看见了火光，并想到那里在点火，那里肯定有人。不知怎么熬过这长夜的俩人看见那堆火，像是在茫茫大海中迷失的船只看到灯塔一样，朝着那堆火奔去。

火光里见她们熟悉的那个背影在不断添加柴火，两个姑娘止住了脚步。那是富牧的媳妇南斯拉吉！这个富牧的媳妇南斯拉吉为了她俩在这里点火！这个情商她们还是有的！火光里一个淳朴的牧区妇女的脸散发着红彤彤的光芒，陆晓梅的心不禁颤了一下。

那一夜，陆晓梅进了被窝就失眠了。她想起为了报仇把羊粪包进饺子给南斯拉吉吃的馊主意是自己出的，她总是想起那件事，想得无法入眠。这是什么情况呢？不是说南斯拉吉是坏人吗？这个坏人怎么知道我们俩迷路后舍弃自己的睡眠，走到山头为我们点火？就是最初的那天也是，她可能知道我们迷路了才去找我们的，可能是见我们那个傻样才笑的，她到底错在哪儿了呢？……为了得到这些问题的答案，她彻夜未眠。

第二天，南斯拉吉不知去哪儿找到了一个湿椽子，立在昨夜点火的山头，两个女知青正确理解这是为她们立的标志。

几天之后的一个夜晚，吴玉珍忽然得了急性盲肠炎。陆晓梅不知所措，如同热锅上的蚂蚁，用乞求的眼神望了南斯拉吉一眼，南斯拉吉见她渴望的眼神欣喜无比，拿起头巾出去的时候，用蹩脚的汉语说："照顾好你妹妹！我去找大夫！"便披着夜色走了。

不到两个时辰，医生独自来给吴玉珍打针吃药缓解了疼痛，陆晓梅问医生南斯拉吉呢，医生说："我是骑着马过来的。她在我后面徒步走着呢。我刚要睡的时候她去找我的，急得眼珠都要跑到脑门儿上了……"听了这一句吴玉珍的鼻子不由得一酸，想起了自己在老家的姐姐……

"你俩想干吗就干吗吧，今天我去放羊吧！"南斯拉吉说。

陆晓梅听了笑得很灿烂："哦，今天我们俩想收拾收拾屋子，然后去打点草！"

南斯拉吉说："哦，行，行，镰刀在西边儿那间屋子！我已经磨好了！小心割手指！"

从那天起，这三个人开始说说笑笑的，变成南斯拉吉安排每天的活儿，那俩呢，听从南斯拉吉的指挥去做事。有一天南斯拉吉跟她俩说："那些造反派来了，你们还得对我发狠发横一点！不然他们会找你俩的麻烦！"吴玉珍听了这话伤感了，握着南斯拉吉的手说："大姐！你真是一个好人！你跟我的亲姐姐一样！"从此吴玉珍唤南斯拉吉为"大姐"，唤陆晓梅为"二姐"，陆晓梅呢，也叫南斯拉吉为"姐姐"。

这样和和气气的三个人，刚吃过午饭时，听到外面马蹄声。没过多久张文、杨秀两个人来了。杨秀说：“你们有没有看到我们的马群？”他说的一口地道的蒙古语。

南斯拉吉用惊讶的眼神望了一眼杨秀，用蒙古语回答说：“没看到！”

那俩女知青听这流利的蒙古语，不由得好奇，吴玉珍说：“你啥时候学会说蒙古语了？”

就是想炫耀这个的杨秀说：“你俩知道猪八戒是怎么死的吗？猪八戒是傻死的！来了蒙古草原不会说蒙古语，那还叫人吗？”

吴玉珍听了望着南斯拉吉说：“大姐，他跟您说啥了？说的对吗？”

南斯拉吉悄悄向吴玉珍使了一个眼色，吴玉珍明白了她使眼色的意思，望着南斯拉吉说：“他们没事儿！没事儿！”又对那俩小伙儿说：“我大姐是好人！你们可别把我大姐当坏人！”

张文和杨秀听后点了点头。南斯拉吉望着他俩说：“他们的蒙古语说得好！很标准！”

那个张文越是想炫耀自己的蒙古语，望着南斯拉吉说：“玻日根（嫂子）最近忙吗？”他又回头给吴玉珍解释玻日根是什么，是结过婚的同龄女子，你要是想叫大姐，那你就喊“伊赫额格其”或者“伊赫扎杰”！他这样显摆了一番。

然后他们说想结伴去邻队的知青那里，南斯拉吉向外指着说：“去吧，去吧，想去哪儿去哪儿吧！住一宿都没问题，家里有我呢！”

什么坚固呢？是和气。和气，最坚固。吴玉珍和陆晓梅在蒙古人的性情中渐渐融入和觉悟，不由得厌倦起她们各自从小养成的自私自利的意识。每当陆晓梅感受到南斯拉吉和善的性格，看见她慈祥的眼睛，她就想起南斯拉吉吃羊粪饺子时的委屈以及柔弱中透出的忿恨的表情，心里一阵怪怪的感觉。然而，那个吴玉珍每每见到马车夫苏伊拉达赉都会心里过意不去，有一次趁着没人她塞给他十元钱，苏伊拉达赉没有接她的钱，反而一副不解的眼神看着她：“这是什么？”又好像受了侮辱一样，“你们城里人就这样酸了吧唧。我是要跟你算账吗？”吴玉珍更是紧张地说：“我不是让你的那个军帽给弄没了嘛……”苏伊拉达赉听完这句，用责备的眼神望了她一眼就走了。想还债的人，债没还成，反而感到不如不还。吴玉珍拿着十元钱满脸通红地站在原地许久。此后，吴玉珍的脑海里总是闪现那个不怎么剪指甲，看得见他指甲里黑垢的，古铜色脸庞的小伙子，总觉得他的举止里藏着男人某种果敢的率性，经常偷偷地看他。

随着冬日布兴起知青学蒙古语的热潮，陆晓梅、吴玉珍也缠着南斯拉吉，说每天要学二十个单词。

说实话，这些知青学起东西就是快，教的话他们说的特别标准。学了一个月之后，两个姑娘为了每句话都用蒙古语说，一天到晚问这问那，缠上了南斯拉吉。南斯拉吉在她们面前说蒙古语也开始小心起来了。

巴音特古斯以看羊群的理由每隔一个月二十天会来这里一趟，趁着教两个女知青应该怎样侍弄羊的空当跟南斯拉吉说两句闲话时，南斯拉吉朝他眨眼并用暗语告知巴音特古斯她们已经听得懂蒙古语了。

巴音特古斯一惊，也用暗语问她从何时起她们会说蒙古语了。

“一个月前。”南斯拉吉说。

这些暗语陆晓梅是听不懂的，但是从他俩先前说的话，她猜到这俩人之间微妙的关系。她望了一眼吴玉珍，用蒙古语说：“咱俩放羊去吧！”巴音特古斯虽然心中一惊，然而，巴音特古斯还是巴音特古斯，他立马反应过来：“好了，就这样，现在我该走了，还得到西边儿艾里，那边还有事。”说罢他就走了。

十一

夏季雨水丰沛，牧场也是水草丰美，牧人望着天说，老天爷，秋天再好好晒一晒吧，霜冻风暴来得迟一些最好，这牧草就能保证牲畜过好一个冬天。

天也是眷顾了人们的祈愿一般，每天有晨露，白昼的太阳也晒得好，牧草一天天地吸收着营养。

然而，冬天该来还是要来的。

“姐姐，现在该做什么呢？”陆晓梅问南斯拉吉。

南斯拉吉倒了一碗茶说：“打草打得也差不多了，柴火也够用了。现在没多少活儿了。你俩想干啥？要不去公社或队里转转，或者去找你们那些朋友玩几天。”

吴玉珍特别爱听这句话，鼓起掌来：“我要去公社！”

吴玉珍去公社是有自己的事儿。说实在的，这么大的姑娘，虽说是城里有文化的青年，作为有血有肉的人，怎会不向往异性之间的交流和感情呢。因此，这些知青你来我往的多。不过，城里人的觉悟高，再加上中国汉人看重处女之身的几千年文化，使得他们之间的交往都停留在没有实际意义的交往上。

树上有一颗熟了的桃子，自然谁见谁想摘下。可是，这个桃子，只能看不能吃的时候，是什么感受呢？那些年轻人的心，正承受着这样的煎熬。

附近的女知青中吴玉珍相貌最好看。所以，那些小伙子都喜欢吴玉珍。吴玉珍却不把那些小伙子看在眼里。吴玉珍心里确实没有一个看得上的。有的相貌还好，但是性格不咋样。不是小气就是自私，不是狡猾就是懦弱，像个女人一样尖声尖气，胆小怕事。有的装出一副乖乖的样子，实际上浪荡不羁……反正，没谁能让她念着。

尤其是那次跟马车夫苏伊拉达赉从旗里一起回来之后，她总是拿苏伊拉达赉来衡量那些知青。这般衡量的结果，她想，苏伊拉达赉是像个男人样的男人。从五官到身材，从性格到气味，都是真正的男人！那次苏伊拉达赉给她穿上自己的羊皮大衣，对于冻坏了的她来说，那件衣服仿佛在发热，又闻见一股奇特的好闻的味道，起初因为寒冷，她没有过多地想什么，到后来回顾起来，她想男人的味道应该就是那样的！这个念头不由得蔓延，她总是回想起那次的同行。在她走得没力气的时候，他提着她的包，拎着自己买的柴油机的零件，还背着她走了很长的路，那天她在他后背上哭了。那天苏伊拉达赉脖子上散发的汗味让吴玉珍沉醉了，她曾想抱着苏伊拉达赉，吻他。

哎呀，我这是怎么了？是想男人了？这样不行吧。我是为了接受贫下中牧再教育而来到这里的知识青年，还不知以后的事业和生活之路伸向何方呢，怎能考虑这些问题呢?！她以这样的说辞制止自己想苏伊拉达赉的心思，但是每当她看见苏伊拉达赉跟本地的女孩们打打闹闹的，心里就不由得嫉妒，心想，这个苏伊拉达赉肯定认为我是知青，所以宁可找她们一起玩。那天他带一个姑娘去了公社。一定没好事！就算苏伊拉达赉老实，看那个姑娘轻佻的样子，定会自己把自己送上门的！这些姑娘可是脸皮厚着呢！真不要脸！不过，转念一想，人家这些姑娘才幸福啊！自己的女儿身，想怎样就怎样，父母也不会过问什么。哎呀，这些乡下人，不知怎么想的。然而，即便那样的姑娘也有人要！难道丈夫不在乎妻子未嫁前是什么情况？我们要是那样，一辈子别想抬头做人了！她们却不。成婚之后俩人说说笑笑的。是不是男的在婚前也跟苏伊拉达赉一样放荡无羁，跟别的姑娘有这样那样的关系，所以没有指责妻子的胆子呢？不过转而一想，又不像是这样！内地的那些男人进窑子嫖娼的都有，但是女人就是不能有啥差错！真封建！就那样还谈什么男女平等！哪儿有什么男女平等？人家这才叫男女平等呢！家庭事务也是，可以双方一起面对，男女都有发言权。这不是平等，是什么？我们老家要是这样处理家庭事务，那就完蛋了。那些臭男人，限制他们的花销，盯着他们的人都管不住。因此，成家之后的男人每天在老婆的严加管教下度过一生。看来，还是这个地方好。她这样想着，仿佛在给自己去找苏伊拉达赉找理由壮胆子似的。然而，苏伊拉达赉呢，见了别的姑娘会说说笑笑的，但是一见吴玉珍就变了一个人，吴玉珍为此特别不开心。与此同时她也想，苏伊拉达赉要是跟我动手动脚来一些轻浮举动，那我又会如何？因而她又觉得苏伊拉达赉那样的客气冷漠，不是他的错，而是她自己的问题。吴玉珍如此这般胡思乱想的结果，就是自己怎么就不能接近苏伊拉达赉？我是有权接近苏伊拉达赉的女孩！于是乎，她想只要有时间就去大队。她盼着去了大队，要是遇到苏伊拉达赉去公社，就一块儿去公社！

那个陆晓梅呢，虽说比吴玉珍大几岁，却没这么开窍。她跟张文谈恋爱已经三年了。不过，这俩都属于不会谈恋爱的那种人。竟是用书信诉说衷肠，见面时却相对无言。要是身边没了旁人，俩人更是一副惊慌不安的神情，没过多久一个就得走开，于是他们的约会也就那样结束了。

陆晓梅必须下乡时，达不到下乡条件的张文也跟着她来了。

张文的父亲是考古学家。若是换作平常年代，张文定会在父母的影响下考进名牌大学，子承父业。因为他的学习在班里是拔尖的。正在这个节骨眼儿上“革命”来了，父亲成了反动的专家，他母亲也成了钻进医学界的地主资本家小姐，所有权利都受了限制。受父母的牵连，在学校他是社会成分最次的那一个，校园里受尽了白眼的他对自己的未来感觉十分渺茫，硬是挤进下乡的队伍来到了这里。然而，这件事也成了一件不要脸的事儿，不仅对自己造成了压力，对陆晓梅也造成了压力。

所以，张文在人前人后都是无精打采的。牧马人冬日布看出了他的心事。有一天他跟张文去放马的时候走到了一个名叫芒奈哈拉金[1]的山头，望着马群，接过张文递来的烟说："你为啥经常无精打采的？是不是长大了，愁着找不到媳妇？不对啊，那个经常来找你的叫陆什么的姑娘，你们俩眼神儿可不一般啊！"他点破了张文的心事。

张文吃惊地望着冬日布说："您可别瞎说！我跟她……"

话还没说完，冬日布哈哈大笑："可真是可惜了你的青春！你这个二十三岁，真是喂狗了！要是看上哪个姑娘，你就说你喜欢她！有的姑娘心里欢喜但还是会扭捏一番的。人家还得要点小面子的嘛！你嘛，是一个大老爷们儿，得先主动，得捅开这层窗户纸。只要说开了，就好办了！"又是一番冬日布式的教育。

张文一想，也没错儿。可我怎么去捅破呢？我连自己矜持这一关都过不了呢。冬日布又拿出一根烟，从上一根烟接了火，说："我看啊，你们还是在羞羞答答的状态！我一说你就脸红了。你得把那个姑娘弄到手！就你这样儿，就是喜欢那个姑娘也会让她溜掉的！你现在得勇敢地擒住她，事儿就成了。一旦开始有了那样的关系，你就

---

① 芒奈哈拉金，地名。

踏实了。不是有句俗话说女人是水做的，谁引渠随着谁去吗？这句话真是再适合不过你了！女人也是人吧。是人就得随人的规律。虫子都会成双成对。何况是人呢。老哥教你一个招！要是觉得不好意思，你就趁着黑夜去找她。趁她睡觉悄悄钻进她的被窝紧紧抱住她。她知道是你的话，绝对不会喊人的！”张文听这个话就吓着了！满脸通红了！冬日布拍拍屁股上的土，望着穿越柴达木灌木的马群说：“哎呀，你这个男人肯定不行，你这样是追不到的！我看杨秀就比你强！那个经常来的苗条姑娘叫啥来着？我看他是迷上她啦！不过，看得出那个姑娘不喜欢杨秀，眼神飘着呢。要是那个姑娘乐意，杨秀可是会毫不犹豫地上的。算了，回去吧！你赶着这些马群回去吧！我得去找一找那几匹公马！”

张文告别了冬日布之后心想：真是怪了！这家伙眼睛可真毒啊！怎么全都看出来了！而且连我们心里怎么想的，他都一清二楚！虽然他的话糙，但理都是对的。我要是真钻进陆晓梅的被窝，不知事态会怎么发展。

十二

马车夫苏伊拉达赉刚赶来四匹马套上车，装着秋天的羊毛，大队的年轻会计走到跟前笑得略有意味：“我听了一些关于你的传言！”所谓传言，一般讲的都是年轻人的花边儿新闻，苏伊拉达赉听了显出一副无所谓的表情：“你的嘴里还能说出啥好话！是不是又想给我编造什么事儿，还说啥传言嘛！”

对方说：“真的！绝对不是我编造的！真的！”

苏伊拉达赉放下手中的活儿：“那行，说吧，传言在说啥？”

会计说：“说你跟吴玉珍热乎着呢！真的吗？”

苏伊拉达赉听了很吃惊：“没有，这是谁在编造？”

会计说：“很多人都在说。你没听到吗？这话最初出自西北艾里的苏格德日扎布。去年冬天，你是不是从公社领着吴玉珍回来的？你们回来的第二天苏格德日扎布从公社回来了。他说：‘昨天有两个人从公社出发来咱们这边。男的看来是宝音阿日彬的儿子，女的足印，没能认出来。是那种商场里买的鞋子。可能是一个知青吧。起初走得比较快，后来走走停停。看来那个知青走不动了。临近大队北边儿，男的背起女的走了一阵儿！’你真的背了人家姑娘？”

苏伊拉达赉听了真是着急了：“你们这是干吗呀？我背人家姑娘，我疯了吗？苏格德日扎布老先生是不是看错了？”

“苏格德日扎布老先生哪儿是看错足印的主？他是一辈子干啥的呀？就是这个柴达木里出现一个狐狸他都能

知道的！”他忽然望了西南方，说，“你看你看，说啥来着？你那个来了！肯定灿烂地笑着喊你苏哥！”苏伊拉达赉顺着他看的方向望去，果真看见一个人走过来，看样子就是吴玉珍。自从那次开始，吴玉珍对他的态度真是不一样了，每次见面脸上的小酒窝泛着甜甜的笑。而且，她这个样子还被其他姑娘小伙们看到了。“哎呀，你也真行，终究找上一个南京姑娘！”“南京姑娘有啥不一样？不都一样吗？”“眼睛挺漂亮的，谈着玩玩还真行！”他们说得苏伊拉达赉怪不好意思的。

果真是吴玉珍。她走到两个年轻人跟前，望着苏伊拉达赉笑着：“苏哥！你去公社吗？我也去公社！想搭你的车！”

苏伊拉达赉瞟了一眼会计说：“这次车上东西比较沉，没地儿坐！你要是捎什么，我给你带！”

吴玉珍立马噘起嘴：“苏哥老是骗人。这么大的马车，多一个人能怎样？苏哥是不是要在路上拉别人啊？要是那样，我就不去了！”

会计说：“说不准啊！你苏哥现在根本不一人赶路，不止一个，两三个姑娘在后山坡上等着他呢！所以就不拉你呢！”火上浇油。

苏伊拉达赉紧张了，说：“你可别听他的话！哪儿来的两三个姑娘啊！”

吴玉珍听了真是有点失望的样子：“算了，我就不去了！别妨碍了人家！”

苏伊拉达赉更紧张了：“行了行了，你坐吧，坐吧！你去了就知道了！”

会计嘿嘿地笑着看苏伊拉达赉，用蒙古语说：“看来你俩真有点儿！看你那眼神儿！”苏伊拉达赉向他眨眼用暗语说她可是听得懂蒙古语的。

会计说：“懂也就懂了吧！她的心可是倾向你了！一看就不一般！我的老先生，你可得小心啊！”

吴玉珍虽然听懂一些蒙古语，但是一些暗语还是听不懂的。不过，她猜测到了一些，就问：“你俩说啥呢？”

苏伊拉达赉说：“没说啥！那，你要是去，就上车吧！”吴玉珍达到了目的舒了一口气，上了车。

苏伊拉达赉为了让人们看看自己跟她没瓜葛，故意没坐上车，徒步赶着车走。离大队走出很远的时候，吴玉珍一脸撒娇噘着嘴巴说：“你不坐车，是专门给我看的吧？”

苏伊拉达赉显出一副没听明白的表情：“等会儿再坐，等会儿！过了后面的山坡再坐。”

过了后面的山坡，苏伊拉达赉坐上了车。吴玉珍向前挪动要跟苏伊拉达赉并排坐。苏伊拉达赉皱起眉头说：“你好好坐在中间！车都往前倾了！”吴玉珍的小嘴又噘了一些，挪到车中间背过了脸。咦，这个姑娘可真是变了！这些知青可不是这个性格！以前不是经不起两句玩笑话就找茬的吗？现在怎么这样了？为啥这么快就想粘过来？看上我了吗？那不太阳从西面出来的事儿吗？那她跟我这样较啥真呢？他如此想着。

吴玉珍背过脸坐了一会儿忽然转身过来灿烂地笑着："苏哥！我坐在这么高的货物上，有点冷！"还是一副撒娇的口吻。

"那你怎么不多穿点！"他的语气有点横。

对方并没把他的冷言冷语当回事儿，笑得越发甜美："人家……并没有坐马车去公社的准备嘛！"

苏伊拉达赉说："你不是说你要去公社吗？"

吴玉珍："你说要去公社，所以我就想去公社了！不行吗？"

苏伊拉达赉："那你再忍一会儿！我在车上给你做一个'窝儿'！你就像猪仔一样钻进羊毛里。一定挺暖和的！"

吴玉珍说："人家不嘛！我想挨着你坐，行不？"

苏伊拉达赉说："不行！人家看到了，会说咱俩闲话的！再说对你的名声不好！会说那个女知青跟那么一个臭马车夫坐在一块儿了！多不好！你没看见今天那个会计的眼神儿吗！"

吴玉珍说："那个臭小子还有脸说人家？他怎么不说自己跟人家媳妇好上了？还有脸说人家！"说着说着吴玉

珍钻到苏伊拉达赉的羊皮大衣下，像孩子一样："我不见了！吴玉珍不见了！"她钻进他的大衣，手伸向苏伊拉达赉前胸抱住了他，苏伊拉达赉心里忽地异样了。这是在开玩笑吗？就算是开玩笑，要是被人撞见了，那可就麻烦了！苏伊拉达赉说："嗨，你这是在干吗？要是被人撞见了，就麻烦了！你要是冷，我把羊皮袄脱给你穿！你还是离我坐远点吧！"

已经豁出去的姑娘，没放下苏伊拉达赉，反而抱得更紧了："人家不嘛！你跟别的姑娘能这样，为啥就排斥我？"

苏伊拉达赉发现她不是在开玩笑，又惊又怕又喜，不知所措了。他舌头都不好使了："别的……别的姑娘是别的……姑娘。你跟别的姑娘，能一……一样吗？"

吴玉珍："哪儿不一样？一样有眼睛有鼻子！"她钻进他腋下，直接坐到他腿上，搂着他的脖子，直勾勾地看着苏伊拉达赉："你吻我吧！你是怎么吻别人的就怎么吻我！"说着说着泪满双眼。

苏伊拉达赉更是吃惊了，他四处望了望说："你，你是想让我蹲监狱吗？"

吴玉珍满脸决绝，激动地说："蹲就蹲吧，蹲几年出来，我等你！"

苏伊拉达赉也是一个身体健康而正在容易燃烧的年

纪的男人！眼下，怀里坐着一个娇滴滴白嫩嫩的姑娘，搂着他的脖子，他再是怕，也被欲火点燃，疯狂地吻起了吴玉珍。

那时那刻，即便有人踩了他俩的脑袋，他们都无法感觉了。不过他俩的疯狂停止于热吻。这是因为苏伊拉达赉还隐隐约约地记得他俩这是在人来人往的大路中央。

不过，他这丝毫的清醒中却没有未来如何，我俩不会有结果，这样会惹什么麻烦的思考。双双在狂热之余都只被“不让别人知道！谁要是问起来都说没有！”的誓言蒙骗，他俩在公社卸下羊毛，又装了畜粮，落日时才往回赶。走了一半人烟罕至时，他们把车赶到原野上，俩人在车上如同干柴遇烈火般燃烧了起来。苏伊拉达赉犯下了“不能染指知青”的大忌，让人家天仙般的姑娘失去了贞洁，他俩的关系从此一发不可收拾，落入了人间的地狱……

十三

牧马人冬日布的臭嘴巴真毒，像是预言一般，另一个大队的一个知青喜欢上了陆晓梅，动不动过来看她。陆晓梅起初因为他是同乡，给他一些面子，不料对方是一个脸皮极厚的人，开始有了非分之念，陆晓梅和吴玉珍两个人合起来劝告那个人不能在她们这里留宿。

这些被南斯拉吉看在眼里，一天她跟吴玉珍说：“这个小伙子不知道陆晓梅跟张文在谈恋爱吗？”

吴玉珍说：“知道呀！不过这小子有点不要脸！因为以前在南京的时候我们彼此不认识的，都来自不同的学校。下乡分配到一个公社之后才认识的。第二次见面的时候，他就跟我说想跟我好。我对他说，你是不是疯了！然后他就不停往这边跑。我不给他脸色，他就开始鼓捣陆晓梅。大姐你说，他这人要不要脸吧！”

南斯拉吉说：“这张文啊，迟早把陆晓梅给弄跑了！”

吴玉珍半信半疑说：“不会吧？陆姐应该不会干那样的事儿！”

南斯拉吉说：“唉，不是的！你看那小子，要是耍尽花招把陆晓梅拿下了，陆晓梅就没法儿再回头了！今天那个小伙子出去前给陆晓梅使了一个眼色，陆晓梅就跟着他出去了。出去时间挺久的。后来我出去方便时看见他俩在房后拉拉扯扯呢！要是那样拉拉扯扯几回，事情就不妙了！”

吴玉珍没信南斯拉吉的话。她想陆晓梅应该不会那样。结果她的判断错了。有一天晚上，陆晓梅看来是在给张文写信，边写边哭。难道大姐说中了？或者，陆晓梅跟那小子有了什么关系，被张文发现了，她在跟张文道歉？或者张文要分手？想着想着吴玉珍睡着了。

第二天，吴玉珍跟陆晓梅去放羊。陆晓梅脸色很差，拿出一封信递给了吴玉珍。是张文的来信。那封信里充满了惆怅，张文的父亲被关“牛棚”，母亲被扣上“反动的医学专家、阶级敌人”的帽子每天受游街批斗，这样的人的子女没有权利回南京了，可能要在这个地方过一辈子了，他没有孝敬父母的权利，也没有权利决定自己的命运，在这个世界上他是多余的……说了诸如此类的话。

“那？那你跟他说啥了？”

陆晓梅沉默了半天说：“我有啥办法啊？他自己的事儿得自己拿主意！”

吴玉珍说：“在这个时候，最起码你得安慰他鼓励他才是！”

陆晓梅耷拉着脑袋站了一会儿说：“他给我带来的痛苦也不少！我安慰他鼓励他也没用的！”

结果，陆晓梅那天晚上哭着写的信惹了大事。

巴音特古斯刚准备去公社，想给大队里多争取一点补助，牧马人冬日布飞也似的来到大队门口的拴马桩上落下了马，潦草拴了马就奔向大队办公室。巴音特古斯见他急匆匆的样子，很惊讶，这个汉子遇到一般事儿是不会有这样被狼狗赶着的状态。这时冬日布进来眼睛睁得大大地说：“不好了，出事了！那个张文可能死了！”巴音特古斯不知出了什么事儿：“你说什么？”

牧马人冬日布很受惊吓的样子："那个张文不知怎么了，看见一封来信就不言声了。昨晚一夜没睡，时而沉默，时而唱时而哭的，到了今天早晨拿了一桶炸药就出去了！"

巴音特古斯听了又笑了："那，他哪儿来的炸药啊？"

冬日布说："今年秋天测量队来打井时候落下的，他捡到的！"

巴音特古斯："你们咋不拦着他？"

牧马人冬日布："肯定是拦了啊，根本听不进去！杨秀劝了一会儿，他说你别过来，你要是过来咱俩一块儿完蛋！这样的人儿你咋拦？"

"哎，他娘的！那我得去看看，不能眼看着就让他死了！"巴音特古斯跟冬日布一块儿出发。

两个人都在想，要是一旦听到一声"咚！"那就完了。

巴音特古斯边走边问："那，你看得出是因为啥事儿？"

牧马人冬日布说："像是有了心病！听杨秀说他父母都在挨批斗。正在这个时候他谈的那个对象说要跟他分手呢！"

巴音特古斯又笑了："嗨，就为了这点事儿？父母呢，是因为社会原因。对象嘛，只要这个世界还没毁灭，这个不行了，再找那一个不就行了吗？不至于为了这些不要命了！命都不要了吧！"

这个节骨眼儿上巴音特古斯还能笑。但是牧马人冬日布却不觉得他这样不对。巴音特古斯这个人吧，笑一笑，眼珠一转，也许就有办法了。

俩人快马加鞭过去一看，见那个张文坐在放马的敖特尔东边长有芨芨草的坡上，杨秀在离他六七十米远处正在朝他喊着什么。看到这个巴音特古斯又笑了："嗨，他死不了！要死的人趁别人不留神儿就去死了的。他的死神要是真来了，他死十回都有了。看来死神还未到！好了，你在这里等着我！我过去！"

牧马人冬日布说："嗨，我的爷！他身上可是有炸药的！要是真炸了，可不是闹着玩的！"

巴音特古斯笑了："那个炸药，离爆炸还远着呢！"他把马交给了冬日布径自走去。

张文看到走过来的人是巴音特古斯，就站了起来："巴队长，你别过来！你一来我就死！我不想跟你一块儿死！"

巴音特古斯笑容和善："你死跟我没关系！但是你要死，得告诉我为啥要死！我也是一队之长吧！要是人家问你们那个张文怎么了，我怎么也告诉人家原因吧！"他边说边走向张文。张文没再说你别过来。

张文的脸刷白，实在不好看。身旁有十几个烟头，有长有短。把那个纸筒子炸药绑在胸前，两边有铜芯的红绿绳子。只要两头接上，这个人就完蛋了。巴音特古斯心里是清楚的，但还是装作一脸的镇定，笑了笑：

“这个东西好像没芯儿！会爆炸吗？铜是不会燃起的。嗨，你好像死不成！你说说！你为啥要死？”张文默不作声。

“是队里没安排好你们的生活吗？我想还好吧？骑着马在牧场上转悠着！”

张文说：“不是因为大队的事儿！”

巴音特古斯拿出一根烟给了张文：“咱俩抽根烟吧！对了，你那个家伙不会爆炸了吧？”

张文接过烟说：“没事儿！”

巴音特古斯笑着说：“那好，不是大队的事儿，那是什么事儿？听说那边有点折磨你的父母，那也没关系。这是社会问题，这个风头会过去的！你们汉人不是说三十年河东三十年河西吗？我们蒙古人也有诸如此类的谚语。不就是一点小运动吗？动着动着它就不动了，不过是洪水一般的东西！来势汹涌，到了第二天再想看，连水都不见！”

张文沉默了一阵儿点了点头：“也不单单是这个事儿！”

巴音特古斯呵呵笑了：“我知道！不就是陆晓梅的事儿吗？你为了陆晓梅来这儿的吧？现在那个陆晓梅是不是说要跟你分手？所以你想回去也回不去，也不想分手，心里难受吧？你呀你，你也真是！你要是想娶她，你得想办法变了她的女儿身。说实在的，女人不能缺了这个。我们蒙古族俗话说‘大海缺盐巴，仙女缺丈夫’！你们汉族不是也有一句话，叫‘女人是狗心，谁偷谁亲’吗？就算是你们知青觉悟高吧！不信这些话。那么，你为了一个女人去死，不可惜这条命吗？姑娘遍地是！陆晓梅不成你就找一个陆大梅！那么，这两件事儿都不是事儿的时候，你现在还有啥非要死不可的事儿？就剩能否回南京的事儿，是吧？这也简单！听说后年开始，让下乡知青陆续回南京、北京、上海。要是那样，我们大队，我最先放你回去！我对付公社几个领导还是有办法的！这事儿简直玩似的。那你不就回去了？到时候找一个比陆晓梅还好的姑娘！这个运动也慢慢松了，你父母也没做啥，没杀人没放火，还说不准当回干部呢！那么，你现在还有啥要死的理由？”这些话让张文释怀了一些，慢慢点了头。

巴音特古斯笑得更暖了：“你现在还有一个疑虑。你怕别人知道你要自杀的事儿，不知怎么看别人的脸面，是吧？”他望了望牧马人冬日布和杨秀，说：“除了你我和他俩，没有其他人知道这个事儿！冬日布在我手心，杨秀也是！我跟他说，你要是透露了风声，爷就让你回不成南京！他听了这个连气都不敢放的！”他又看着那个炸药说：“看来是好炸药！给我吧！明年水利时节我们拿这个吓唬那些麻雀！”张文真是听了他的话，把炸药卸了给他。巴音特古斯接过炸药，又伸手说：“电池呢？”

十四

巴音特古斯从那里直接去了南斯拉吉家，见了陆晓梅就忘了笑。恶狠狠地看了一眼吴玉珍和南斯拉吉：“你俩出去一下，我跟陆晓梅进行一次组织谈话！”她俩不知什么事儿，出了屋。

巴音特古斯笑了一下，眼珠转了转：“你知道张文要自杀吗？”

陆晓梅吃惊地说：“不会吧？”

巴音特古斯说：“什么不会？这事儿跟你有关！还有那个知青！他也逃不了！在两个人中间插一脚，破坏和谐关系，制造社会矛盾！”

陆晓梅紧张了：“跟他没关系！我跟他没什么！……”

巴音特古斯的笑忽然不见了：“什么没关系？你们那天晚上不是在房后拉拉扯扯的吗？我就从你们旁边走过的。你们那个痕迹现在估计都还在！”

陆晓梅态度软了下来：“他……他……”

巴音特古斯：“什么他、他的！他是怎么骗你的？是不是在说想办法带你回南京？你俩给我回去看看！我这个破队长，对他可能奈何不了，但是管住你还是绰绰有余的！”

陆晓梅心里一惊，原来这个人那天离我们那么近？

他说啥都听见了。那我们怎么没看见他呢？她说："巴队长……你可不能那样吧？"她不由得进入了巴音特古斯设下的局。

方才还生气的巴音特古斯又笑了："怎么不能那样？张文是为了你来到这里的！所以你应该领着张文回去才对吧？跟着别人回去算是怎么回事？我也理解你们。谁人不恋自己的故乡，生养的父母，愿意在他乡看着别人的脸色过日子？这牧区，哪儿是你们这些城里人能生活的地儿？"

陆晓梅听着听着眼眶里打转的眼泪终于哗啦流了下来。她声音呜咽着："谁说您说的不是呢？我要是有能力领着张文回去，怎么会这样呢？加上张文又是一个书呆子，还没我办法多呢！"

巴音特古斯听了摇着头又笑了："不过，你俩也是！都这么大的人了，还那样藏着掖着的！不能公开了吗？"

陆晓梅开口说："巴队长啊，我们俩现在真是不知道怎么办才好！张文家庭出身那样……他要是回不了城，难道我一辈子在这里陪他？我还是父母的独生女啊！"她哭得来劲儿了。

巴音特古斯说："好了，你也是说实话的好姑娘！我帮你俩，你现在去安抚一下张文，让他收了自杀的念头！你们也都是成人了，我呢，话就说得糙一点吧！那么克制自己干吗？年轻人该干啥就干啥！你们要是信得过我，我让你俩一块儿回南京！听说后年要让部分知青回城！”

陆晓梅一脸欣喜和惊讶：“真的吗？真的让我们俩回城？”

巴音特古斯笑得有点狡猾：“那你们得听我的话才行！你知道不听巴音特古斯话的人会有怎样下场不？”

陆晓梅使劲儿点头。这个家伙要是说话算话该有多好？好吧，这个人说话是能算话的！不过，这么大的事儿，他能行吗？她又说：“要是真来了回城名额，想必谁都想争取吧！”

巴音特古斯看出了对方的顾虑：“这个你不必担心！公社那几个领导都在我掌握之中！不过话要赶早！你们俩得做了该做的才行！”这个人反复说那个，陆晓梅有点不理解。

祸不单行，真是一句真言。巴音特古斯刚回队里，尼玛扎布老汉脸不是脸地说：

“好啦，事闹大了！那个苏伊拉达赉惹事儿了！”

巴音特古斯又是一惊：“怎么了？翻车了？”

老书记拿出一张纸说：“车没咋地！说他染指女知青！”

巴音特古斯：“什么时候？在哪儿？”

老书记说：“看来是前几天的事儿！据说俩人在野外约会被邻队的知青发现了。那两个知青也是心怀鬼胎一直在跟踪他们。等他俩开始了，他们就抓了一个现场！见他俩求饶，他们嘴上说没事儿没事儿，却到公社告状说陶力木大队的苏伊拉达赉强暴了我们的女知青。刚才旗里、公社都来了人，问我半天，扔下这张纸去看现场痕迹去了！你没碰见吗？”

巴音特古斯：“我回来时顺路去了水利队那边。我见过吴玉珍，脸上看不出啥呀！”他微微笑了一下眼珠转了转：“那，苏伊拉达赉在哪儿？”

老书记：“能在哪儿啊？应该在家吧！惹了事儿的家伙！”

巴音特古斯说：“您得去一趟！见苏伊拉达赉，教他说自己跟那个姑娘已经订婚了！让他其他别的什么也别说！快点去！要是不在家，您必须得找到他！”说罢他自己也出发了。

这些他妈的家伙！刚处理完一个的事儿，另一个又出事儿了！一个嫌弃了男人差点让他自杀，一个却招引男人惹事儿！这个苏伊拉达赉也是！惹谁不行？非要找一个禁忌多，不能惹的那一个！我们这儿的姑娘遍地都是，不安心放牧自己范围的，都转悠到哪儿去了这是！这个猪头现在不知在哪儿呢，老书记能不能尽快找到他呢？巴音特古斯想着这些往南斯拉吉家走去。他想着这个吴玉珍现在会说什么呢？想着这个问题，他独自笑了。他的笑，是想到办法的标志，这个谁都知道。老乡们都说：“不怕巴音特古斯生气，但他笑的时候肯定就有啥事儿！”

他到了南斯拉吉家，那个陆晓梅不在。南斯拉吉和吴玉珍正在忙乎着做包子。南斯拉吉见巴音特古斯又来了，又瞟了一眼吴玉珍说：“怎么了？你是不是落下什么了？”

巴音特古斯：“你先出去一下，我跟吴玉珍要进行一次组织谈话！”吴玉珍听了马上脸红了。

可不能过度吓唬她！对女人来说，怕和羞，都是可怕的！巴音特古斯笑着说：“好啦，你也知道陆晓梅的事儿吧？不过那可不是啥事儿！你们的年龄都到了结婚成家的时候了！你现在也得找一个人吧！你看我们大队的苏伊拉达赉咋样？看来你俩彼此也喜欢！要是喜欢呢，就订婚吧！”吴玉珍听巴音特古斯莫名其妙的话，不知所措地望着他。

巴音特古斯眼珠一转说：“你现在也不必这样看着我！我现在直说吧！你俩做了什么，不用我说吧？”吴玉珍更加无地自容了。

巴音特古斯点了一根烟说：“你们那俩知青真是不咋样！能把这样的事儿捅到上面吗？旗里、公社那边都知道了！现在上面来人要去侦查痕迹！”吴玉珍吓得眼珠都跑到脑门儿上了。

“现在可不是你该怕的时候！人家马上要来问你了！现在最好的办法就是对那些人说你俩订婚已经五个月了！

春节就想办婚礼呢！那样你的名声就没问题啦！跟自己订婚的对象做那事儿，对谁来说都不是什么丢人的事儿！这样也能救了苏伊拉达赉！”

吴玉珍想想也没其他更好的法子，只好点头答应了：“不知道他们信不信我？”

巴音特古斯说：“这个简单得很！你们就说我是你们的介绍人！”又叮嘱，“听懂我的话了吧？那些人要是拷问你们什么时候怎么开始的，你就说是订婚之夜！我现在得走了！”

巴音特古斯到了大队，公社和旗里来侦查的人们也已经到了大队，让人去叫苏伊拉达赉，说正等着他们来。巴音特古斯一脸不知情的样子，见公社武装部部长满脸是笑地说：“哎呀，我们老唐来了！怎么有空过来啦？你可是从来不来我们这儿的！”

老唐瞟了一眼旗里来的，说：“什么有空了！你们队里出了这么大的事儿，难道你不知道？你们那个苏伊拉达赉冒犯了人家女知青……”

巴音特古斯听了一半就笑了：“嗨，这算什么大事儿？他俩是订了婚的！”

那个旗里来的汉族公安干部听了口气很硬地说：“你知道吗？”

巴音特古斯：“我怎么不知道？我是他俩的介绍人！”

便堵住了那个干部的嘴。他又说："你们要是为了这事儿来的，那就别查了！好好吃个饭慢慢再回去吧！"

那个干部听这个话有点不高兴，愤愤地说："我们为什么要听你的话？"

然后，跟此事相关的人碰了个头，第二天一起去了公社。

到了公社再询问时，苏伊拉达赉和吴玉珍说完巴音特古斯教他们说的话，就什么都不说了。一问谁是他们订婚的证人，吴玉珍就说巴音特古斯队长知道。他们叫来巴音特古斯，他看了一眼那个旗里来的干部："作为证人我就说说，这些知青是上面给我们派来的，对吧？上面的意思也是让他们到我们农村牧区扎根的，对吧？要说扎根，那就要有个像扎根的样子吧！他们都是单身，不能老是这样吧？成双成对也是规律。我看这个吴玉珍是有文化的革命知识青年，苏伊拉达赉呢是三代贫牧，我想这俩可能比较合适，就牵了线，没想到就成了。现在你们查这两个人背着人有什么事儿。说实在的，这世间的人啊，若说有什么事儿瞒着别人，其实是对别人的一种尊重。那么，谁去跟踪他们了呢？唉，青春是谁都有过的，克制不住自己也是能理解的，这是没办法的事儿。年轻嘛。再一想，给六月一日赛跑的儿童是可以画线喊'预备，开始！'，可是这事儿不是那回事儿！这事儿不需要谁给号令喊'预备，开始！'吧？"

他这么说了，屋子里的男的女的都哄堂大笑了，那个旗里来的干部也笑了。他的态度也开始缓和了，让巴音特古斯写个材料给他。巴音特古斯说："嗨，这有啥好写的？要是旗里问你这事儿，你就说人家订婚了，来年春节要举行贫牧和革命知青的婚礼呢就行了！国家不是有《婚姻法》吗？不是教育公民自愿恋爱结婚吗？那么自愿订婚结婚不会犯法吧？"那个干部听了心里不由得一惊：可不能把这个汉子当一个牧民大老粗！那俩年轻人都没想起说这个，要是他俩再有这样的觉悟，纠缠下去，那就麻烦了！算了！不管了！于是，他把巴音特古斯给他受的气出在那两个告状的知青身上："你们听清楚了！人家是订了婚的！你们俩这是瞎捣乱！"

续　集

南京来的知青大概在公元一九七四年到七五年间都从接受再教育的农村和牧区回到了城里。

下乡时虽说敲锣打鼓，旗帜飘扬，高喊口号欢送了他们，但是再唤他们回城，却没那么容易了，像是骆驼拉屎，三三两两费尽周折，渡过重重困难才各自回到了家乡，回到了父母身旁。

陆晓梅是死心塌地地信任了巴音特古斯。然而，信一个大队队长，也是不得已之举。陆晓梅每每见到巴音特古斯都会用有所期待的眼神望着他。巴音特古斯也因了当初的承诺时而为难地一笑。陆晓梅一见那般笑容就有点恐惧。

“我没骗你哈，那个名额还没来呢！每次苏伊拉达赉去公社，我都在让他打听呢！”巴音特古斯说。

夏天到了。

百花竞相绽放，牧草碧波荡漾，天鹅黄鸭鸣唱和乐。

一天，从公社回来的苏伊拉达赉说公社来了知青回城的两个指标，公社领导们在讨论将名额到底给谁的消息。

巴音特古斯对他说：“你去，到北边儿草滩上把我的马牵来，备上马鞍！”苏伊拉达赉听了就要去找马，但他心想，这老汉，又不知要耍什么样的花招呢，不过这次你可能来不及啦，听那边的口气，那两个指标好像不会给我们陶力木大队，我只是没跟你说而已。

马牵过来，备上了马鞍，巴音特古斯说：“你给我煮点好吃的！我吃完了再出发！”

苏伊拉达赉笑了：“还吃啊？您吃完再出发，那得啥时候？”

巴音特古斯：“半夜，黎明时分肯定到了。公社领导们上班的时候，拿两个指标我就往回赶啦！路上进色仍家喝个茶午休一下，下午的时候我不就回来了吗？”

苏伊拉达赉说：“好啦好啦，您这么说，好像是要去公社解开系好的袋子，掏出什么东西，将它带回来一般简单。但是，那些人看见您身影就知道您为何而来，会像见了蛇一样小心翼翼的！”

巴音特古斯嘿嘿笑了：“肯定会小心翼翼的，小心着小心着会失手的！好了，你不是挺能往那边跑吗？去告诉张文和陆晓梅，让他们有所准备！”

苏伊拉达赉吐了舌头：“好说好说，就怕你空跑一趟！”

巴音特古斯吃好喝好又瞎聊了一会儿，大家要入睡时才出发去公社。他到公社时人们正在睡梦中。巴音特古斯到了公社一把手门前，使劲敲他的门：“领导啊！快开门！”

熟睡中的领导醒了，惊慌地问：“你是谁？”

“我是巴音特古斯！领导快开门吧！我有急事！”

听了这话，领导赤脚跑过来开门点了灯。“怎么了？”

巴音特古斯满脸着急慌乱的表情：“哎呀，我的领导，出事了！”

领导不由得一惊：“怎么了？”

巴音特古斯装出十分难过的样子：“唉，还是那些知青的事儿。我们大队张文和陆晓梅俩人好上了。知青们之间谈恋爱就谈吧，也应该有一般常识才对，不小心搞成大肚子啦！与其未婚生子不如结婚吧，但那个女孩不听劝。那个臭小子好像忽悠她说‘没事儿，你跟我那样了，我带你回城！我有这个能力！’吧。那个姑娘死咬着他这句话不放，吓唬对方说你要是不带我回城，我就死给你看！男的呢，说你要是死我也去死！”

领导听了目瞪口呆了：“那个张文，就是当初自己跟着过来的年轻人？”

巴音特古斯一脸生气的样子：“是呢！除了他还有谁能这样？真是一个讨厌的家伙！现在要么是他俩一块儿寻死，要么生出一个小崽子闹笑话！作为队长我得低头检讨！这个巴音特古斯还有组织吧？那时您作为我的领导也难逃干系了！”

领导看着巴音特古斯的脸，沉思了一番说：“你别净说一些不吉利的话！得想办法嘛你！你不是很有办法吗？”

巴音特古斯说：“这个，哪儿是在我想办法的范围啊！我的办法，也就是推给你的办法！我只能说‘这事儿我跟公社汇报过了！’这样，就算处分我，也有点减轻责任的余地吧？”

领导用责备的眼神望着他说：“哦，就想自己逃脱干系？”又打量了巴音特古斯半天，说：“好啦，现在只有一个办法！上面来了两个指标。你悄悄拿回去吧！你让他俩赶紧填表去旗里！赶紧让他们回老家！那样他们是生是死都跟我们没关系！”

巴音特古斯像是遇到了救命恩人一样：“哎呀，我的领导，你可是救了我！我一定会悄悄的！哎呀，您有这样的本事，才当了这个公社领导的啊！好！那个表在哪儿呢？”

领导穿上了鞋子：“你稍等，我去给你拿回来！”

小鸟鸣叫、东方微微金光的清晨，巴音特古斯从公社出来已经走了十几里地。整夜奔波拿到手的虽说是只有横竖格子的两张纸，但这两张纸，对那两个知青来说，是让他们能够回到家乡与亲人团聚的珍贵无比的法宝。

晌午时分，巴音特古斯一脸疲惫地到了南斯拉吉家。对着出门迎他的张文和陆晓梅横横地说：“现在快走！填了这个表，张文到公社找公社领导老塔！不管别人说你什么，你都当作没听见！然后赶紧让他们盖好章去旗里办手续！”他又望着南斯拉吉，“你赶紧给我喂喂马，我可得睡一觉！待我醒来时煮上一锅好茶就行！”

苏伊拉达赉知道的消息，全公社知青都知道了，差点把公社领导老塔给活活吃了。老塔呢，耐不住巴音特古斯一个吓唬把两个指标都给了他，所以说了一句含糊的话：“同志们！你们各自回家等消息吧！我们还得研究研究到底给谁这两个指标！”这个时候，张文和陆晓梅已经到旗里办完了手续。

两个指标的风波平息之后，也是张文和陆晓梅已经离开这个地方之后，公社领导老塔才知道自己又被巴音特古斯给涮了。

“我也是想过怎么回事的！但是，一般情况不会半夜来敲门的呀！我也是睡梦中惊醒迷迷瞪瞪的，再说巴音特古斯那天晚上的脸色可不好啦！那个汉子平时都是笑嘻嘻的！那天晚上可是一丝笑容都没有！”

陶力木大队书记尼玛扎布听了呵呵笑着说：“领导啊，您不在乡下，不知道一些情况。比如说，水边儿坐着一些青蛙，你要是击打水面，那些青蛙就会自动跳进水里！”

领导老塔也笑了：“是啊是啊！”他俩谈论一番笑了一番。

这事儿过去很久后，老塔见到巴音特古斯，巴音特古斯笑得露出了洁白的牙齿。老塔挥手示意，让他走远点儿：“我的巴音特古斯，你走远点儿吧！别靠近我！我对你可真是哭笑不得呢！你今天还想咋样？”

对方听这个话，真是远远地就站住了：“那我现在跟您没法儿说话啦？我是想问问那个在市场上卖牛的指标的！”

老塔说：“一个大队只能卖五头！谁多卖就谁负责吧！”

巴音特古斯看他那个样子忍俊不禁：“好啦，我的领导！你干脆把我换掉吧！那样您也省心我也省心！”对方示意让他走，自己也不说啥，就走了。

之后的几年里来了一些指标，部分知青回城了。有大专院校的招生，又一批知青参加考试上大学走了。吴玉珍也参加了考试，被录取了。

拿到录取通知书的那天吴玉珍见苏伊拉达赉，苏伊拉达赉为她能够考上大学而高兴，并拿出五十元给她：“路上用吧！”吴玉珍迟疑着不接。

苏伊拉达赉用责怪的眼神望着她说：“怎么了？你还想卖帽子换车票？”

吴玉珍搂住了苏伊拉达赉哭了，说：“我不想去上学了！”

“你真傻！得想着找一个轻松的工作饭碗啊！”

苏伊拉达赉把吴玉珍送到了公社。后来吴玉珍似乎忙着学业，又似被父母绊住了，再也没回陶力木大队。

过了很多年，那个张文作为一名作家来到陶力木大队深入生活，待了二十多天。带来了吴玉珍跟她的一个同学成了家，陆晓梅在那边一个商场有了工作，杨秀大学毕业后在南京一个中学里当老师等消息。

大 结 局

二十年对于尘世而言真是弹指一瞬间。但对有限的人生而言，那已是一段无法忘却也可忘却的历史。

每天都来的班车上，走下一位中年妇女，她左顾右盼半天之后，朝一个骑摩托车的小伙子走过来问好：“我想问问，现在去陶力木大队坐什么车好？”

小伙子打量了女人一眼：“旗里有一趟班车的！不过早晨已经走了！您去陶力木大队吗？要见哪位？”

那个女人迟疑了一番：“我去南斯拉吉扎杰家！”

听这个异族女人忽然冒出一个当地蒙古语“扎杰”，那个小伙子很是惊讶：“那……那您是南斯拉吉姑姑的什么人？”

那个女人开心地笑了：“我是她妹妹！”说了一口标准的蒙古语。

那个小伙子为自己忽然多了一个姑姑而惊讶不已，说：“我是她的侄子。您要是去那里，就坐我后面吧！”

那天南斯拉吉正在做奶干儿，忽然见有人朝她家来。来人了，哎呀，不知有没有热茶呢！她擦了擦手正想进屋，摩托车已经到了门口。一个女人下了摩托车叫了一声“扎杰”匆匆向她奔来。

听声音就知道是谁的南斯拉吉：“哎呀！这是怎么了！这不是吴玉珍吗？哪儿哪儿的人来了啊！咱俩还有相见的一天啊！”吴玉珍搂住南斯拉吉就哭了。

爱哭的人儿啊，高兴也哭，难过也哭。

吴玉珍像是来到了自己姐姐家一样有着哭不够、笑不完的话，而且她努力每一句都用蒙古语表达，忘了的词儿，跟南斯拉吉问个不停。

说完很多话之后，她又拿出好多东西给南斯拉吉。

南斯拉吉也是，像是自己的亲妹妹来了一般张罗饭菜，把原先吴玉珍和陆晓梅住的房间腾出来，拿出了干净的被褥。吴玉珍进那间屋子咬了咬下唇：“大姐，我不睡这间屋子，我要跟您睡！”

南斯拉吉说：“你来了多住一些日子吧！”

吴玉珍说：“我住很多天！但不住这间！”

吃了晚饭喝了茶，该睡了。南斯拉吉和吴玉珍进了被窝后，吴玉珍问：“大姐，苏伊拉达赉过得怎样？”

南斯拉吉知道这是必问的话，尽量用平常的口吻回答说：“苏伊拉达赉现在是我们大队队长。就是以前巴音特古斯的角色。巴音特古斯接替尼玛扎布当了书记。你们回城后尼玛扎布老人把位置让给了巴音特古斯，回家养老了。今年都七十九啦！苏伊拉达赉从邻村娶了媳妇，有三个孩子，大的上大学啦！”

熄灯后，吴玉珍开始给南斯拉吉诉苦。

吴玉珍中专毕业后被分配到一个中学任教，并从南京找到了一个对象结婚成了家。他们两地分居三年，经历千辛万苦她才回了南京，在一个幼儿园当保育员。城里的人，特别能欺负弱者。不仅其他人看不起她是一个保育员，连老公都嫌弃她曾经失身，无能。吴玉珍无奈离了婚。

陆晓梅也没怎么走运。从计划经济走进市场经济的时候，南京商贸公司瘫痪了，陆晓梅也失业了。有一天陆晓梅和吴玉珍见了面，吴玉珍对她说："二姐，你今天领着二姐夫来我家吧！咱们几个跟从前下乡时那样大碗喝酒大块吃肉吧！"陆晓梅也因失业郁闷着，便痛快答应了。

就这样跟在乡下一样吃吃喝喝的时候，张文忽然有了灵感："要不你们姐妹俩开一个这样的餐馆吧！下过乡的知青肯定都爱吃这些！"她俩听了觉得不错就开始合计，越说越有点子，第二天就开始张罗，租房子买桌椅餐具，没过几天就邀请召集了认识的知青们，在不到二十平米的餐馆挂了"知青饭店"的牌子。这样的开始，真是一个正确的选择。她们的生意越做越好，她们把蒙古草原特有的美食都上了，知青们来到这里唱着学到的蒙古歌狂欢着，成了南京市一个奇观。所以，不是知青的也闻讯前来尝试，她们的饭店开始显得拥挤了。后来她们又扩大经营，开了几家分店，最后租了大厦，雇了很多人，买卖做得很红火。

随着暴富，随着社会的发展，随着人心不古……随着诸多变化，同命运共患难的姊妹俩之间出现了隔阂，开始分道扬镳，成了彼此竞争的对手。吴玉珍不走运，弄得一身债务，也欠了陆晓梅一百万元，每天被追债追得无处藏身，走投无路之际她想起了陶力木这个地方，便从熟人那里借了一千元，回到了这里。

吴玉珍说完这些长叹一口气："大姐！我也是过了四十的人了！受过苦也享过福。我想着，小时候在父母的庇护下，是幸福的，但是不知不觉就过去了！来你们这儿待了五年，觉得有点苦。但我回去之后，将那时的幸福跟这里的苦比较了一下，才知道我觉得苦的那五年，才是我最最幸福的时候！因为有大姐您，我没什么操心的，也没怎么受累，吃得好，睡得香，这里的人们都是菩萨心肠！人们互相爱护着，人们热爱牲畜，热爱自然……一句话说，人要是把彼此当人看，是最美好的事！从这儿回去之后，我遇到了三个男人！一个不如一个！是不是我就是这个命，还是我们那儿的男人都那样，反正，我再也没遇到像苏伊拉达赉那样的男人！姐姐啊，我可真傻啊！那个时候我说不想去上学，苏伊拉达赉说我是一个傻子。其实我真傻。姐姐您可能不知道吧，苏伊拉达赉我俩不小心怀过孩子，后来到旗里刮掉了，还不如那时趁那件事，跟他结婚过日子好了！最起码我现在还能有自己的孩子吧？"

南斯拉吉听了长叹一声："唉！这个茫茫人世，很多事儿是没办法的。时光无法倒流，这是尘世残酷的法则。不过，妹妹啊，你得坚强啊！别再回头了！凡事向前看！要是寂寞，就跟姐姐住在一块儿吧！这个世界再是残酷，也能容纳心胸宽广的人！从前张文来也跟我聊过在这里的往事。我跟他也说过这话。他说这是对的！千真万确呢！"

吴玉珍那一夜睡得很香，还做了一个好梦。第二天清晨南斯拉吉熬茶时她也起来，伸了一个懒腰说："哎呀，大姐，我最近几年都没睡过这样的好觉呢！真的！"

吴玉珍说的是实话。

人内心的负荷远远比背负的实物要沉重，因为肩上的担子要是重了，可以分散，也可以停止脚步休息，而内心的负荷和压力是不好分散的。

吴玉珍将多年积压在心间的郁闷和惆怅倾诉给一个普通的牧民女子，感觉心里轻松了许多，真是睡了一个安稳觉。

不过，吴玉珍没住两天心里就不舒服了。有时候，一些事想让它凑到一起很难，但也有时候，就是会有一些巧合。中午时分，南斯拉吉和吴玉珍正在忙乎着烙馅饼的时候，外面有停车声，车里下来了张文和陆晓梅一家三口。外面顷刻间欢声笑语。陆晓梅跟南斯拉吉相拥而见，还指着北面山坡上的大树说："大姐！那棵树已经长这么高了啊！我就是望着那棵树找到了家门！"

大家陆续进屋后陆晓梅也不笑了。吴玉珍像是没看见她们过来一般依然忙乎着和面。连抬眼瞧都不瞧一眼。南斯拉吉看得出她们之间的别扭，望着陆晓梅说："好了，坐吧，坐下来！这是你女儿吗？"打破僵持的局面。她又对吴玉珍说："嗨，你二姐来了！你快盛茶！"

吴玉珍这才看了张文和陆晓梅一眼："她已经不是我的二姐啦！她是大老板！"然后盯着陆晓梅用蒙古语说，"你追债追到这里来了？"

陆晓梅也没忘了蒙古语："我追你干啥？我可不知道你在这里！我是想让我女儿看看我年轻时待过的地方！"

吴玉珍说："我可跟你不一样！我是走投无路才回这里的。不过还是躲不过你！"

张文插话说："行了行了！你们姐妹俩都打住！在南京你俩咋样，我不管。不过到了这里，你俩就是姊妹！你们看！大姐、二姐、小妹都齐了！"

陆晓梅听了用蒙古语说："张文说的对！还是姐妹！"

南斯拉吉："好啦好啦，你俩别那样！能不是姐妹吗？今天我们相聚在一起，就得高高兴兴的！"

陆晓梅从车上卸下大包，给南斯拉吉衣服、毯子、吃的喝的一堆东西，最后从兜里拿出一个小折子给南斯拉吉："大姐！这是五十万元！你教会了我们怎么做蒙古餐，也曾帮了我……不对，帮了我们很多很多！我那个时候那么欺负你，直到现在心里都愧疚！"

南斯拉吉没接过那个折子，说："行！行！你给我的这些东西，我都收了！只是别给我什么钱！是你们的智慧让你们成功了，而不是我！也别说你曾欺负过我。那个时代就那样！我还在你俩的庇护下，巴音特古斯的帮助下离开那个鬼地方回到了家。所以，是你俩对我有恩啊！”

陆晓梅泪水在眼眶里打转：“我这辈子都不会忘了你们这些好人！张文更不忘！这个钱，是我的一点心意！”说着把折子塞到南斯拉吉手里。南斯拉吉拿着折子，望了吴玉珍一眼：“那我收了！然后我把这个钱给你小妹吧！她可以拿着它重新起家还债吧！”

吴玉珍还没来得及说什么，陆晓梅说：“大姐！你别那样！这个钱，也不是我一个人给您的，是吴玉珍我俩一起给您的钱！吴玉珍什么债务也没有！我现在明白了，大姐！我刚才来的时候望见后山坡上的大树，我心里就不一样了！从现在开始你小妹吴玉珍以前做什么，接着还去做什么！大姐！你好好骂我一顿吧！”说完去拥抱了吴玉珍。

这下可真是满屋子的欢声笑语了！陆晓梅和吴玉珍说起蒙古语，忘词儿的时候还是缠着南斯拉吉问个不休。张文看着此情此景摸着下巴沉思一番说：“奇怪了啊！我看蒙古语有一种神奇的力量。这俩人一说蒙古语就开始和和美美了。要是早知如此，你俩怎么不早点用蒙古语沟通呢？”

吃过午饭后，陆晓梅和吴玉珍俩人一块儿去放羊，并且晚上回来时也没再迷路。因为她们有北面山坡上的那个坐标，那棵树。

听到她们回来的消息，巴音特古斯、苏伊拉达赉夫妇以及乡亲们都来南斯拉吉家看他们。南斯拉吉杀了羊，大家开始狂欢。

见了苏伊拉达赉的妻子，吴玉珍心里的纠结忽然没了。那个皮肤白皙的女人走过来握着吴玉珍的手，上下打量了一番，说：“哎呀！这样一个美人儿，别说苏伊拉达赉，就是我，也是喜欢的！这个人年轻时候肯定更美吧！苏伊拉达赉没错儿！没错儿！”然后拉着吴玉珍的手，坐到一边的椅子上。

巴音特古斯也沉浸在相聚的欢乐中，满脸是微笑。张文走过去抱着他的肩，说：“巴队长！您可别笑！您一笑，我的心里就发怵！不过一想吧，现在的人可是笑着毁人，您呢，是笑着帮人来着！我父母经常念叨您，说‘孩子啊，你可是遇到了菩萨！那个菩萨救了你！’他们二老一直想过来拜访您。起初是因为没有人权，无法走动。后来忙着学术又不得空了！现在呢，身体不好，又走不动了！他们说您有着菩萨心肠，所以让我给您捎了一尊佛像！据说是三十年代，我父亲搞河套人类学调查的时候从一个旧庙遗址上捡到的！”他说着拿出了一尊一寸的金佛像给了巴音特古斯。

吴玉珍应苏伊拉达赉妻子的邀请到了苏伊拉达赉家。初恋和现在的妻子聊得甚欢，吴玉珍在他家住了两宿，吴玉珍由衷敬佩这个蒙古女人。

聊着聊着吴玉珍握住她的手：“我求你一样东西，你肯吗？”

“说吧，说吧！只要我能，不吝惜任何东西！”

吴玉珍望着她善良的脸庞：“你有两个儿子一个女儿！我想认你女儿做干女儿！我也不会带走你的孩子！我供她上学、找工作，一直到成家！在我老的时候呢，她能照顾我一点点就可以了！像你这样的女人生养的孩子肯定不会抛弃我的！”

苏伊拉达赉的妻子说：“好啊，可以啊！我这样孩子多得照顾不来的人，真是巴不得呢！或者这样也行！你现在还年轻，你跟苏伊拉达赉住一段时间，你要一个自己的孩子，不也很好吗？我也不是信不过你和苏伊拉达赉！要是怕人家说孩子是私生子，你就来我家，我给你伺候月子，然后说你从这里抱养了一个孩子就是！”

吴玉珍捶着对方的肩：“呸呸呸！你这个女人可真是完蛋了！说什么呢这是！看来你还是在怀疑我呢！”

苏伊拉达赉的妻子也笑了：“我有啥不放心他的！我要是怀疑你，见面就撕了你的脸了！”两个女人说着说着，嘻嘻哈哈笑了起来……